绿风文丛

林贤治　主编

草木本心

戴蓉　著

南方出版传媒
花城出版社
中国·广州

图书在版编目（CIP）数据

草木本心 / 戴蓉著. -- 广州：花城出版社，2020.3
（绿风文丛 / 林贤治主编）
ISBN 978-7-5360-8919-8

Ⅰ. ①草… Ⅱ. ①戴… Ⅲ. ①随笔－作品集－中国－当代 Ⅳ. ①I267.1

中国版本图书馆CIP数据核字(2019)第142620号

出 版 人：肖延兵
策划编辑：张　懿
责任编辑：林　菁　邹蔚昀
技术编辑：凌春梅
装帧设计：林露茜
内文插画：曲　展

书　　名	草木本心 CAOMU BENXIN	
出版发行	花城出版社 （广州市环市东路水荫路11号）	
经　　销	全国新华书店	
印　　刷	佛山市迎高彩印有限公司 （佛山市顺德区陈村镇广隆工业区兴业七路9号）	
开　　本	880 毫米×1230 毫米　32 开	
印　　张	9.375　12 插页	
字　　数	208,000 字	
版　　次	2020 年 3 月第 1 版　2020 年 3 月第 1 次印刷	
定　　价	45.00 元	

如发现印装质量问题，请直接与印刷厂联系调换。
购书热线：020 - 37604658　37602954
花城出版社网站：http://www.fcph.com.cn

总　序

林贤治

一天，到张懿的办公室小坐，见醒目地添了几盆花草，摆放很讲究。座椅后壁，挂了两幅手绘的水彩画，画的仍是花草。深秋的午后，一室之中，遂有了氤氲的春意。因谈花草，转而谈及关于花草的书。她说，坊间的这类书很零散，何不系统地做一套丛书？我表示赞成，她便顺势让我着手做组织的工作。

有关花草树木的书，我多有购置。除了科普，随笔类也留意挑选一些识见文笔俱佳者，其中，沈胜衣给我的印象最深。他是东莞人，想不到还是一位地方的农业官员，通过电话联络，隔了几天，他径自开车到出版社来了。人很热情，没有可恶的官场习气，倒有几分儒雅。在赠我的书中，有一套他任职之余编辑的丛刊，名《耕读》，印制精美，可见心魂所系。

沈胜衣当日答允为丛书撰稿，归去之后，一并推荐了几位作者。我再邀来朋友桑农和半夏，在花草无言的感召下，很快凑足了这样一套丛书。

桑农编选的两种：《不屈的黑麦穗》和《葵和向日葵》，是丛书中的选本；一国外，一国内，都是名家。桑农长期写作书话，是编书的好手。他选的两种书，从植物入，从文学出，是真正的美文。《草莓》的入选尤使我感到欣喜，如遇故人，几十年前读到，至今手上依然留有整篇文字的芳馥，那"十八岁的馨香"。

沈胜衣喜读书，也喜抄录，加之注意语言的韵味，所以，笔下的《草木光阴》显得丰茂而雅致。作者置身在草木中，却无时不敏感于生命的流转，时有顾惜之意。忆往，伤逝，作品内含了悲剧中的某种美学意味，所以特别耐看。半夏是杂文家，《我爱本草》取材皆为中药，配以杂文，实在很相宜。鲁迅之所谓杂文，原也同小说一样，目的在于"疗救"，种类颇杂，并非全是匕首投枪式。信笔由之，何妨谈笑，不是"肉麻当有趣"便好。半夏此书，写法上，却近似周作人的一些名物小品，平和，闲适，而别有风趣。许宏泉的《草木皆宾》，取画家的视角，多有画事的掌故琐闻。至于王元涛的《野菜清香》，特色自是写"野"。一般文士喜掉书袋，后者亦不乏此中杂俎，但未忘现实人生，夹带了不少历史、社会人文的元素，多出一种经验主义的东西。

钱红丽的《植物记》，将日常所见的花草，匀以生活的泥土，勃勃然遂有了一份鲜活、亲和的气息。戴蓉的《草木本心》，比较起来，偏于娴静，有更多的书卷气。这是两种不同的诗意，或许是沈胜衣序中说的"植物型人格"所致吧？论人性，大约男性近于动物，女性近于植物，难怪她们写起花草来，都能深入其"本心"。这两部小品，不妨当作女性作者的自我抒情诗来读。

编辑中，时时想起故乡的花草。它们散漫于山间田野，兀自开落，农人实在少有余暇观赏，倒是有一些药草，正如荒年供人果腹的野菜一样，不时遭到采掘。以微贱之躯，为救治世间穷人，或剉碎为泥，或投身瓦器，我以为精神是高贵的。但是，从野草们的立场看，未必见得如此。人类与草木之间，始终找不到一种共同的语言，想起来，不觉多少有点寂寞。

2018年11月10日

序：草木何求

沈胜衣

有幸与戴蓉结为笔友，竟已疏疏密密地通了二十多年的手写信。幻变翻覆的人世，漫长倏忽的岁月，能维系这般静定的古典友道，大概因为彼此都是"植物型人格"，才会有如此"植物型交往"吧。

确实，戴君那些漂亮得像随笔小品的书简，经常出现植物的内容。最初的难忘印象，是"栀子花与水仙"：

她曾在一封夏天的信中谈对人生的感受，最后写："……宿命是有的，等着各人去聆听，把它演变成一个个的故事，生生不息。栀子花开了，一大朵，养在蓝花清水小碟子中，赏心悦目。"又曾在一封冬天的信中讲新年的情景："父母是门神，恋人是暖炉，案头的水仙是老张……"真是太好的意象和贴切的比拟。此后她还多次谈过这两种花，特别是一再写：栀子洁白过馥郁过之后速速烈性地萎成了铁锈色，就如成长的历程，但同时也是造物悯人：因为那是上天提醒人要放手。

更深刻的印象是一封春天的信，谈"万事终需摇落"的生活，结尾是这样的："……很多事情从此明白。一日走过花店，看见炽烈的向日葵，心想这是真的假的？想着想着人已走远，留她每日在心中鲜活地开。"这话带来的震动与启发，让我回味不已，这当然不只是对花，而是对生命的态度了。我曾将此写入自己的向日葵篇章，并借用了最后一语做标题。

后来，她还有这样的直白："我常常是冷眼看人世的，对千姿百态不多言的植物却心仪。"又有这样的低回："日子太平，看别人的热闹纷繁，很有趣，可是无心参与。看重的越来越少了，没有什么，比得上闲暇，沉思默想的时光。诚如你所说，怎样的人生都是虚度；那么，静静地坐一坐就算纯粹的消遣。整整的一生是多么长啊，偶尔触到一点知心的东西，是放焰火那一瞬的亮，一朵花轻吻夜空。"

种种锦心绣口，受用不尽。又比如从她的来信，我才知道和记住了"我欲四时携酒来，莫教一日花不开"等古人佳句。再比如她的花笺时时记写上海、泉州、日本等等地方所见所历的花事，最近的一封，还附来了西班牙原野上的桃金娘画明信片。

这种"植物型情感"积累既深，那些私下的好花好话自宜化为正式文章，让更多读者可以赏味，遂有了这本专集《草木本心》。书名出自《唐诗三百首》的第一首、张九龄《感遇》："兰叶春葳蕤，桂华秋皎洁。欣欣此生意，自尔为佳节。谁知林栖者，闻风坐相悦。草木有本心，何求美人折。"

对这首诗，戴君早已结缘，向来在意，恒常在心，多次抄录过,最早是1991年12月的来信,就于记抒生命的心情时像夹注般出现了。到2006年6月,她因听我说那一年集中读唐诗,而正巧见报纸上陈鹏举的《偶注唐诗》专栏,开栏首篇谈的便是这《感遇》,她在来信中引了陈氏的评语:"写的是一双老眼看过了许多烟云浮梦之后的感想。"然后说她年轻时就那么喜欢此诗,"可见我一颗老心"。

所谓老心老眼看透烟云,源于《感遇》组诗并非虚空抒怀,而是来自切实的经历背景:张九龄乃开盛唐风气的诗家,同时亦为初唐著名的贤相,是洞察奸佞野心、敢于直言谏上的正派之士,该诗即写于他被权臣排挤、贬官外放期间。我平时欣赏这位吾粤老张的三、四句,那种清新无言的自然大美;因戴君的导引,才细品全诗,特别是后几句的深沉感喟。金性尧的《唐诗三百首新注》有很好的解释:诗最后的"美人",指的是那位闻风而至欲采兰桂的"林栖者",张九龄"意谓自己本怀不求虚荣的志趣,希望不要来摧折他的本心"。"诗中一面表达了恬淡从容的襟怀,但忧谗惧祸的心情也隐然可见"。

这么读来,全诗的画面感和画外音都浮现了:前半部分,一派草木欣然的好景,兰叶纷披、桂花皎洁,春去秋来绵延着静美的生机;然后有人出现在此本不含杂质的场景中,这可不是"林栖者""美人"字面意思的正面形象,而是惊扰了花草的清幽、打破了这个植物小天地的违和者;这才有了诗人"草木有本心"的感慨,指出兰桂自有优雅芳香的本质天性,并不需要被折采去取悦人的,为何不让它们继续保持这份自在自由。——全诗思深力道,高迈而神秀,醇正而沉郁,遗世独立中是一种不失平和的风骨，确实当得起《唐诗三百首》的开卷之篇。

重温此诗，联想到大如人之心性与现实的关系，小如近日惊闻另一个老朋友的遭际，足为尘世浮生一叹。然而，人间本就难觅永远安宁、无所外求的桃花源，被不同形势多多少少地摧折，原是几乎必然的命运。面对外界的侵扰，还是要恬淡从容地，以不同形式多多少少地葆有自己的本心，就像我们始终看重的那两句："欣欣此生意，自尔为佳节。"用自身的生长去令春秋变成美好的时节。这一点，植物是人学习的榜样。

草木无求，我们又于草木何求，无非或是相对一笑赏心悦目，或是不管尘世的真真假假，只留在心中鲜活地开。戴君还曾在来信评说我的植物文章时谓："虽说是草木有本心，不求人折，但草木有情，当会明了你一番怜惜之意。"这也是我要转送回给她此书的。

2017年5月下旬，小满前后

目录 contents

第一辑　草木欣然

紫藤　3

牡丹的猜疑　6

绣球　9

玫瑰　12

夕颜　15

白兰　18

茉莉　21

牵牛　24

莲荷　27

薄荷　30

借水成仙　33

碗里的梅花　36

枇杷　*39*

梅滋味　*42*

杨梅　*44*

花菜与完美主义　*47*

葫芦　*50*

煮芋　*53*

奉橘　*56*

柿　*59*

香榧、山核桃与松子　*62*

桐　*65*

芭蕉　*68*

木棉与中年　*71*

第二辑　走马观花

菰蒲同里　*75*

甪直游　*78*

拈花湾　*81*

长春花漪　*84*

云游记　*87*

路上之美　*90*

倒春寒与京野菜　*93*

岛国之夏　*96*

飞弹高山　*99*

近在咫尺　*102*

巴厘岛植物记　*105*

第三辑　流年花影

惆怅还似旧　*131*

春在枝头　*134*

若知春滋味　*137*

暮春　*140*

入夏　*143*

梅子熟时栀子香　*146*

梅雨　*149*

初夏　*152*

夏日瓜菜　*155*

但惜夏日长　*158*

夏日在别处　*161*

秋天的况味　*164*

清秋　*167*

秋之华　*170*

落叶树　*173*

冬日杂写　*176*

清供　*179*

花事 *182*

花前 *185*

花乱开 *188*

花花草草总关情 *191*

小区 *194*

校园花时 *197*

寂寞的人坐着看花 *200*

枝节 *203*

田园之心 *206*

无事为花忙 *209*

无心插柳 *212*

心归山林 *215*

自然笔记 *219*

第四辑　花忆前身

陈茶与陈酿 *225*

草木香 *228*

返魂香 *231*

药香 *234*

干物 *237*

梅干菜 *240*

旧时物 *243*

植物染 246

纸恋 249

忆旧食 252

问名 255

知与见 258

簪花意如何 261

愿不愿种花 264

村上与蔬果 267

其趣 270

看青 273

插图本 276

看画记 279

淡彩 282

花草光影 285

花解语 288

日本动画草木记 291

日记 294

植树人 297

后记 301

第一辑

草木欣然

紫藤

樱花谢后,还有紫藤可看。

曾在连绵几百米的紫藤花架下走过。远望是一条紫色的云雾走廊,几乎叫人疑心是在梦里。到了近处,串串浅紫的花沿着花架流泻而下,俏丽的蝶形花穗清晰可见。我去过日本枥木县的足利紫藤园,一进园子,藤花的香气扑面而来。紫藤花开如海,其中有棵独立成树的紫藤树龄已近一百五十年,"千朵万朵压枝低"的紫藤已无法承受自身的重量,园方不得不搭上一些"枝干"来支撑它。这里的门票价格采取浮动制,花开得越盛门票越贵。第一次看见清丽的白藤,在紫色的海洋里显得尤为皎洁。上海的嘉定也有紫藤园,花的颜色有深紫、白紫、粉红,甚至还有白中带绿的。长长的花串从架子上垂下来,几乎可以拂到游人的头顶,如透光的珠帘一般华美。

黄岳渊、黄德邻父子合著的《花经》里记载:"紫藤缘木而上,条蔓纤结,与树连理,瞻彼屈曲蜿蜒之伏,有若蛟龙出没于波涛间。仲春开花。"紫藤善于攀缘,茎蔓横斜繁花满树。汪曾祺画过一幅紫藤,"满纸淋漓,水气很足,几乎不辨花形"，画上题曰："后园有紫藤一架，无人管理，任其恣意攀盘而极旺茂，花盛时仰卧架下使人醺然有醉意。"汪先生看来是很喜欢紫藤的。在他的小说《鉴赏家》里，画家把一幅紫藤拿给卖果子的叶三看，叶三看出紫藤里有风。问他如何得知，答曰："花是乱的。"画家大喜。

落拓不羁的紫藤，挥洒着攀缘植物特有的流浪气质。整个四月，我最喜欢的事就是坐在门口用大缸栽着紫藤的"夏朵咖啡"里发呆。藤花洒满玻璃房的屋顶和二楼的阳台。秋冬季节，秃枝嶙峋杂乱如废柴的紫藤，初春却开得紫花满墙翻飞。鲁迅先生的小说《伤逝》里，涓生住在会馆，窗外有"半枯的槐树和老紫藤"。跟子君约会时，窗外半枯的槐树发了新叶，还有"挂在铁似的老干上的一房一房的紫白的藤花"。后来恋情已杳斯人早逝，涓生再次搬回会馆，看出去依然是"这样的窗外的半枯的槐树和紫藤"。植物似乎比人长久。

紫藤花香气甜而雅，可用来制作藤萝饼、紫藤糕和紫藤粥。藤萝饼是老北京春季有名的花馔。清末的《燕京岁时记》中载："三月榆初钱时，采而蒸之，合以糖面，谓之榆钱糕。……以藤萝花为之者，谓之藤萝饼。皆应时之食物也。"赵珩的《老饕漫笔》中写到北京中山公园几十年前卖过藤萝饼，原料就是公园里盛开的紫藤花，摘下后用糖腌制为馅，现摘现做现卖，保持了花的色泽和清香，把当时市面上饽饽铺里的藤萝饼都比了下去。午后两三点钟，游人赏花赏得有点倦，用过香片和四色果碟，恰好藤萝饼出炉，要上一碟趁热品尝，是春日里的寻常美事。如今中山公园的茶座里早就不卖藤萝饼了。即便如此,春日里坐在咖啡馆里,看着窗外触手可及的紫藤参差的花影,仍然是一种难得的享受。台北有间没有招牌的茶室叫"紫藤庐"。这里原是台湾海关总署署长周德伟的书斋,后来周德伟之子周瑜将它命名为"紫藤庐",此院落因三株六十多年的老紫藤而得名,周瑜说它是"无何有之乡"。初春在竹影花荫下泡上一壶茶,人间清福莫过于此。

每到仲春时节,我总会在家里挂上一幅紫藤水粉画,画上题着一首俳句,意思是春光将逝,紫藤编写着春天的日记。其实紫藤并不伤感,它和牡丹、芍药一起开,花期却比它们长。等牡丹谢了,紫藤还会开些日子。

牡丹的猜疑

在花鸟市场上看到一束小小圆圆的蓓蕾。花店的主人说是牡丹，并保证它们可以开成小碗一般大，于是抱着试试的心情买了回去。四五天过去了，勤勤换水，牡丹却一点都没有开放的意思。朋友笑我说："让人骗了吧。"就在我也开始怀疑的时候，牡丹却在一夜之间，像被神仙吹过一口气似的，硬生生把结结实实包裹着的花苞，开成了层层叠叠粉紫的花朵。

某年夏天想种牵牛花，在淘宝上买了两棵牵牛花苗。瘦弱的小苗是栽在一次性饭盒里快递过来的。小心地给它们换了盆，拉了长绳。花苗顺利地攀了上去，然而却迟迟不见开花。我开始担心这不过是个骗局，我殷勤栽种的或许只是某种不知名的爬藤植物。直到有一天，我在给它浇水时，突然看见花盆里有一朵蓝色的落花。我惊讶地把头伸出阳台张望，原来我的牵牛已经开完了第一朵，枝上还有几个小花苞。我住的是四楼，牵牛花都往外开着，我只能看见它们的背面。此后我经常站在凳子上将手机伸出去拍照，那些宝蓝色的花朵有着绸缎一般的质感。有风的下午，裂叶牵牛的叶子打在纱窗上的影子，看起来有点像一把把精美的老式挂锁。邻居的老太太在窗口跟孙女说:"看,那就是牵牛花!"我听了心里不免有几分得意。

"花开花落自有时,总赖东君主。"科学家研究掌控植物开花时间的基因时,发现有种基因能使植物感知白昼的长短,在适当的时候开花。这就是雪花莲总在冬季最后一场雪中盛开,而风信子则在春天的原野中绽放的缘由。卖花人没有撒谎,牡丹也没有辜负人。花不开自然有不开的道理,时候不到,温度和湿度不对,或者是养花人方法不当,照顾不周。而不信,是一种凉薄的心态。不信花会开,不信陌生人会以诚相对。在失望来袭之前,先给自己找一条退路,不相信也就没有期望。

挑选水仙花球时,从花键判断得出花的数量,至于开出的花是单瓣还是复瓣,我并不太在意,只要是雪白馥郁的花我都喜欢。买风信子的球根可就犯了难,我一心想买雅致的淡蓝风信子。据说淡蓝色风信子是十八世纪荷兰的种植园中一种红色花的风信子芽变而成的,这在当时十分罕见,主人担心它丢失,曾用鸟笼把它悬挂在天花板上收藏,到种植季节才取出栽种。花贩一口咬定他卖给我的那盆必是蓝色的无疑。可是等我满怀期望地给它换水、晒太阳,等花蕾渐渐膨大,发现它分明是粉红的。我将它摆在阳台的架子上,这粉红的风信子全然不理会我微微的失落,在那年的暖冬里蓬勃地开起来,花朵繁茂得整个球茎几乎有点头重脚轻。我坐在窗前看书,被它的花香熏得有点头晕。忽然有两只蜜蜂飞过来,停留在风信子上。我呆呆地注视着蜂绕花舞,心里随即升起了一点幸福感,即便它不是我梦想的蓝色风信子，可毕竟带来了难以言喻的欢喜，从它在玻璃瓶里长出洁白的根须和绿叶开始。

那天我看的书里，写到了俄国作家契诃夫和他的梅里霍沃庄园。契诃夫因为家贫，一直没有固定住所。等他第一次拥有了自己的土地，欣喜万分地给朋友写信："每天都有意想不到的事情发生，一件比一件有意思。鸟儿飞来，积雪融化，草儿返青。"他自己整地耕种育苗。给朋友的信札里，很多内容是关于嘱咐对方代购种子、苹果树、樱桃树、醋栗和他心爱的玫瑰花。奇妙的是，他种的玫瑰无论什么品种，开出的都是白玫瑰，人家说那是因为他的心地纯洁。

绣球

2010年初夏在名古屋时，我的同事说要多看看绣球花，因为她的家乡北京看不到，而她是在京都爱上绣球的。于是，我们外出的时候，在公园、神社、人家的花园篱笆前，甚至是马路边，只要看到绣球花便停下脚步，掏出照相机按下快门。不可久留的花，唯有瞬间光影的印记和回忆可作为依凭。日本是绣球的原产地之一，牡丹与蝴蝶、罂粟与鹌鹑、绣球花与翠鸟、鹤与松，这些植物和动物的组合是浮世绘里经典的自然题材和时令因素。绣球花是日本夏季风物的标志。京都的绣球花有名，因动画片《灌篮高手》而为人熟知的古城镰仓，每到梅雨季更是花开倾城，完全是绣球花的天下。

绣球花也叫八仙花或紫阳花，"紫阳"一名相传是白居易所取。"何年植向仙坛上，早晚移栽到梵家。虽在人间人不识，与君名作紫阳花。"绣球花美丽的"花瓣"其实是花萼，中间的小花才是真正的花。它的神奇之处在于花朵会随着泥土的酸碱度改变颜色，如果泥土呈酸性，花便以蓝色为主，碱性土则开红花，若是中性土壤，便既有红色又有蓝色。即使长得相当靠近的两株绣球,颜色也可能完全不同,有时同一个花球上会开出红、蓝两种花色。花的颜色也会随着花期的不同有所变化。《名侦探柯南》这部片子里,有一集就是利用绣球花在不同的土壤里颜色不同这个特点来破案的。绣球喜阴,一丛丛植于庭院的角落或成片种在阴面山坡上的绣球,参差渐变的红蓝粉色,让看花人宛如置身于彩色梦境。

  白、粉红、绯红、淡绿的绣球花都美,可我固执地认为还是蓝色的绣球最具神韵,因为蓝色的端庄把花形的纷繁复杂压了下去,配着深绿的阔大叶子显得格外耐看。镰仓有一座隐匿在深山的明月院,那里的绣球花清一色全是浅蓝的,因此人们把这种蓝称为"明月院蓝"。沿着"紫阳花步道"拾级而上,雨季里深浅明灭的蓝如水光般纯净。寺院的本堂是典型的日式禅房,庭院里的光线从开放式的圆形壁窗外柔和地透进堂室之中。院子里的绿荫是远景,近景则是地上花瓶里高低错落的蓝绣球。石雕的小沙弥钵里托着的也是大朵的绣球。我喜欢的绣球素描、水彩和摄影作品大多都是蓝色的,这个有点伤感的色调,可以处理成褪色甚至模糊的效果,像一缕蓝色的青烟,一张沾了水字迹化作烟云的信笺。蓝色的绣球制成干花后,蓝色变成了灰紫,像一个孤傲的人,憔悴枯槁了,却仍然站得笔直。元稹写给妻子的悼亡诗里有"绣球花仗满堂前"这一句。稚嫩的女儿不懂得母亲亡故的悲哀,只顾把绣球花弄得遍地都是。丈夫只能一个人拖着伤病的身体,在妻子灵柩前的帐幔下凭吊,伤心酒醉后靠着台阶在日影下念着亡妻昏睡……小女孩遍地抛撒的绣球花,应该是蓝色或白色的吧。

又是夏天，找出两张绣球花的画挂在墙上。一张名为《路》，说是路，却看不见路面，因为小路已被野草和大丛蓝色的绣球花遮住，迤逦至远处深绿的丛林。另一张是淡蓝的绣球掩映下的废旧古寺，雕梁画栋仍在，只是结着蛛网，绣球花却自顾开得繁盛恣意，不问沧桑。如果有来生，不必当高堂里的红花，做一株野地里的绣球就很好。

玫瑰

玫瑰是花卉里的名门闺秀。

不知多少年了,《玫瑰圣经》一直静静躺在我"当当网"的购物车里,玫瑰的精致富丽,总让我有点下不了决心。作家洁尘曾如此评价:"玫瑰入画,我喜欢看写实的玫瑰;有些东西是不能写意的,写意的东西多半有一种不太规范的外貌和清高零落的气质。中国花鸟画家少有画玫瑰的,也许就是这个道理;玫瑰的那种精致富贵的情趣,随意或者是潦草的笔触与之毫不相干。"我深以为然。洁尘说她有段时间喜欢临摹玫瑰,一笔一笔慢慢画,相当于一种精神上的瑜伽,非常静气养心。

以前我分辨不出玫瑰和月季。朋友告诉我一个口诀:"玫瑰有张大饼脸,月季的五官才立体。"后来我在崇明的"西来玫瑰园"见到的玫瑰,果然花形并不饱满,但香气甜美宜人。其实玫瑰的叶子和花茎与月季也有区别。一枝玫瑰花小叶柄上面的叶子至少有五片,叶皱有刺;月季的小叶只有三至五片,叶子光滑无刺;月季花茎上的刺少而大;玫瑰刺多,花茎上的硬刺密密麻麻。我的朋友调侃那些得意洋洋去花店买玫瑰送女友的男人："他们不知道自己买的其实都是月季。"

亦舒喜欢把她小说里的女主角起名叫"玫瑰"。那些玫瑰无一例外都有惊人的美貌，让人一见误终身。玫瑰的男朋友叫"家明"，家庭因之而光明，似乎是合情合理的期待，而玫瑰只负责颠倒众生。"这一朵玫瑰，像所有的玫瑰，只开了一个上午。"巴尔扎克的这句话，亦舒常常用来为玫瑰唏嘘。《小王子》里的玫瑰无疑是最得宠的。小王子给他的玫瑰盖过罩子、竖过屏风，除过毛虫，听过她的埋怨和吹嘘，于是他的那朵玫瑰成了世上的唯一。"我喜欢小王子与他的玫瑰花，其实那是一段爱情，那玫瑰花一直说她是全世界独一无二的，直到小王子看到地球上，一个玫瑰园里上千的玫瑰，才知道被骗了。他不生气，因为他那朵玫瑰矜贵。"亦舒书里的女主角代替作者发言。

然而我喜欢的玫瑰都是玫瑰本身，而非它承担的艺术使命或象征意义。读过一篇《玫瑰实验》的微型小说：第一天，女子在门口发现一朵玫瑰。第二天、第三天都有玫瑰。她开始猜测：这是哪个男子含蓄的倾诉？第四天、第五天，又是玫瑰，她坠入了幻想，因自觉被欣赏而容光焕发。第六天没有玫瑰。第七天、第八天，她怅然若失，继而生病。第九天，她剪去长发光彩不再。这是一场关于玫瑰的实验游戏。人们在实验中体会虚幻而真实的爱情，玫瑰其实是个陷阱。说是"爱情"，其实本来无一物。多么残酷而悲凉的实验。

在四川都江堰旅游时，买过一包都江玫瑰。玫瑰花苞不大，泡出来的茶是淡绿色的，据说这是因为玫瑰精油没被萃取过的缘故，和咖啡馆里异香异气的玫瑰花茶有天壤之别。这青绿的玫瑰花茶，几乎就是四川人闲适生活的写照。后来我在网上买到的一款云南玫瑰，质量也极好。花苞大而饱满，香气自然馥郁。海拔三千多米的云贵高原碧空澄净，日照时间长，昼夜温差大，玫瑰的养分很足。店主说云南玫瑰宜以八十五摄氏度左右的水冲泡，等它慢慢析出自然的清甜。

夕颜

最初读到"夕颜"这个词，是在《源氏物语》里。源氏公子某日经过一所宅院，看见篱笆上开着他所不认识的白花。身边的随从禀告说："这里开着的白花，名叫夕颜。这花的名字像人的名字。这种花都是开在这些肮脏的墙根的。"公子让随从去摘一朵花来，这时有个侍女开门出来，拿着一把白纸扇对随从说："请放在这上面献上去吧。因为这花的枝条很软弱，不好用手拿的。"那扇子上面题了一首和歌："夕颜凝露容光艳，料是伊人驻马来。"扇子的主人名字就叫夕颜，是个性情温柔、姿容美丽的女子。

"夕颜"在《源氏物语》里自成章节，而这优美的花名，丰子恺译注云："瓠花或葫芦花，日本称为夕颜。"清少纳言的《枕草子》里写夕颜，说它与朝颜相似，开的花很有趣味，名字也有趣，只是果实太大。周作人的译注说夕颜"乃是瓟子的花，因为它开在傍晚，在苍茫暮色之中，显出那白色的花朵，可以与早上开的朝颜相比。但本文中说它结实太大，那么所说的是瓢了，日本少瓠而多瓢，取其实刨皮为长条，晒干为馔，称曰干瓢"。我查阅过日本最具权威、相当于一部小型百科全书的日文辞典《广辞苑》（第四版），关于"夕颜"的词条有两种释义，第一种翻译成中文大致如下："夏日傍晚，叶腋开小白花的一年生蔓草，果实为较大的圆柱（球）形，可制'干瓢'。多变种，葫芦科。"这个释义引用的例子正是《源氏物语》中的夕颜。日语版维基百科"夕颜"的词条说夕颜结的果实都很大，有球形和圆柱形两种，分别查阅其图文资料，发现球形的正是中国的匏瓜，而圆柱形的则是瓠子。周作人所说的"瓢"指的是匏，匏在日本主要的用途是制作"干瓢"，就是去皮后将果肉削为极薄的长条，挂在架子上晾干。两头膨大中间纤细的葫芦，日语的汉字写作"瓢箪"，与匏和瓠是同科属的植物，苦味较淡，食用价值较高。葫芦、瓠和匏这些葫芦科植物夏日傍晚开放，翌日早晨闭合的白色小花，都可称作"夕颜"。第二种释义说的是"夏日傍晚，开类似牵牛花的白色大花，原产美洲热带地域的一年生蔓草，同'夜颜'，旋花科。""夜颜"中文名为"月光花"，花形圆满，花色皎白如月，夜间开放。有人说夕颜除了葫芦花、月光花，还包括栝楼。栝楼也属葫芦科，因果实从藤上向下吊挂，故名"吊瓜"。栝楼的果实和根都是中药材，栝楼籽炒制的"吊瓜子"近年来成了热门的零食，而栝楼花却没什么名气。其实栝楼花相当别致，白色花瓣的边缘呈散开状，仿佛镶了一圈疏密有致的白流苏。然而我在日本的典籍中并没有查到夕颜包括栝楼花的例证。

中国食用葫芦的历史悠久，《诗经·豳风》有"七月食瓜，八月断壶"的诗句，"壶"即是葫芦科果实的总称，但乡间竹篱上的葫芦花无非只是平常的农作物花朵。菜花、野花在王公贵族眼里往往是不入流的。《红楼梦》里元妃省亲时，大观园中有一处题为"蓼汀花溆"，元春删去"蓼汀"，只留了"花溆"二字。蓼汀是长着红蓼的水岸，红蓼这样的野草闲花，尊贵的皇妃自然不喜。细想大观园里，除了李纨的居所"稻香村"种植稻麦，其他园子里尽是奇花异草，公子小姐歌咏的也是白海棠、红梅和菊花。而日本人总在无常中体会短暂又永恒的美，连纤细柔弱的牵牛花和葫芦花都颇受抬爱。丰臣秀吉曾专程到千利休家中赏牵牛。源氏公子怜惜夕颜，弱质纤纤、暮开朝合的葫芦花既是薄命佳人的象征，也是恋人间露水情缘的写照。葫芦花有洁白易逝的美，也能结出日常瓜菜，审美与丰足，往昔与当下便是如此构成了人间生活。

白兰

友人养了一盆半人多高的米兰,自认为相当高大,后来在黄埔军校看到一棵巨大的米兰树,瞬间惊呆,没想到米兰还能长成大树。她家阳台上也种了白兰,不知是否见过白兰的大树?

闽南人把白兰叫作"玉兰花"。中学时有个身手敏捷的女同学,时常爬上玉兰树摘花。我不会爬树,只负责在树下捡拾她抛下的花。玉兰长得极高,但除了主干外,其余的枝条脆弱易折,不小心踩断了,人会随着树枝一起跌下。大人看见孩子爬上玉兰树必定扬声骂,因此玉兰在我的印象中除了香,还潜藏着危险。隐在大片绿叶间的玉兰花实在太小,必须细细寻找,不像杨桃、芒果,可以拿根竿子打落,或者用竹竿尖上的钩子钩下来。离开家乡再看到玉兰,总会想起那个爬树的女孩,口袋里塞满香花坐在她自行车的后架上一路吹风,甜蜜得像个美梦。

白兰各地的叫法不同。四川人称白兰为"黄桷兰",四川宜宾的市花就是黄桷兰。读了汪曾祺的《昆明的雨》,才知道白兰花在云南叫"缅桂花"。"雨季的花是缅桂花。"昆明的缅桂也能长成大树。汪先生说他住过的若园巷二号院子里的大缅桂,"密密的叶子,把四周房间都映绿了"。缅桂盛开的时候,房东搭了梯子将花采下,拿到花市上去卖,也常给房客们送些花来。

夏天的香花里,玉兰虽然没有栀子花馥郁,但留香却持久,而且到了夜间似乎格外地香。母亲说玉兰花的香气太浓,比不上茉莉的清雅。小时候,她总叮嘱我不要把玉兰放在枕边,理由是玉兰香甜的气味容易引来蜈蚣。夏日的夜晚,我和哥哥常常铺了篾席睡在红砖地上,她担心我们被蜈蚣蜇伤。蛇虫百脚之类的东西我倒是不太怕,但被她一说心里觉得不洁,每次临睡前都乖乖地将玉兰花放在桌上。

闽南人很少佩戴玉兰花,唯有沿海渔港村落的蟳埔女子,习惯把玉兰和素馨花串成一圈,固定在发髻上,称之为"簪花围"。玉兰花、含笑和千日红的花串,常常被人们用来供佛,一圈圈摆在供桌上,像香客们的心愿一样圆满。在上海,见到街边的老妇人把白兰花和茉莉摆在铺了蓝布的篮子里卖,就知道夏天真的来了。一串白兰是两朵,用细铅丝并排穿了,可以挂在衣襟的纽扣上,茉莉花多半串成手环。茉莉花在花店里有时也扎成小束售卖,而白兰花却只属于街头。上海长大的女孩曾说起母亲教她把白兰花包在清水浸湿的手帕里,这样隔天花朵不会变黑,颇有一种惜物的细致和小家碧玉的温情。在这里住久了,夏天买玉兰花成了日常茶饭事,回家把花养在盛了清水的瓷碟里,直到花朵变干仍有余香。黄昏的风雨里,微博里看到这样一条："后悔刚才没有把卖花人的白兰花全部买下，这样老婆婆就可以早点收摊回家了。"读罢心里顿觉温暖怅惘，爱花的人多半心肠软。

玉兰花含苞的时候最好，象牙白的花瓣文静地收敛着，全开反而不美。老家的玉兰可以开足夏秋两季，冬天如果气温适宜也能持续开放，只是香气比夏花淡些。过年时陪母亲去承天寺拜佛，有时会见到玉兰花和红梅同时绽放。上海的花鸟市场里偶尔会有盆栽的玉兰卖，绿叶间打着细嫩的花苞，然而我总是驻足良久又默默走开，我担心养不好。

茉莉

茉莉花在南方实在平常。

电视剧《人间四月天》中，徐志摩见了泰戈尔，激情难抑，从会场捧出一堆茉莉花去找林徽因。他让林徽因伸出手，茉莉花像雨点般落入林的手心。一团柔白的光辉映着两张含笑的脸庞。一起看电视的人评论道："真是诗人的举动。"其实我也曾这样奢侈地手捧茉莉。少年时的夏天，每到夕阳西下，用凉水泼过院子里的石凳，细细擦拭过竹篾凉席后，就会跑到隔壁的院子里，看看茉莉花开了没有。那一树茉莉一开就是上百朵。邻居家总有一个白瓷碗是为我准备的，让我自己盛满一碗花捧回家去。整个夏天，只要不刮大风下大雨，几乎所有的夜晚都是在茉莉的清香中度过的。于是后来我在上海的马路边，看到小竹篮里稀疏地串在一起，既不够饱满又不水灵的茉莉花球或手串，心里的滋味真是复杂难言，就像端坐在异乡的中餐馆，吃一盘味不正色不美的所谓家乡菜，不知道该怀念还是遗憾。

茉莉窨的花茶，香得直白通透。一杯茉莉花茶，虽然原料都是茉莉花和茶叶，滋味却千差万别。茉莉花茶的茶底，烘青绿茶和白茶最常见，例如雀舌、雪芽、银峰、珍毫、香芽、白龙珠、寿眉、银针……烘青含水量低，能吸附更多的花香但茶味略涩，而白茶朴实清润，很好地衬出了茉莉花香。窨花的工艺十分讲究。元朝画家倪瓒称得上是窨制花茶的鼻祖：将散茶倒入初绽的莲花中，麻线一扎，吸香一宿，次晨晒干，反复三次，得莲花茶。外行人总以为茉莉花茶窨制的次数越多越好，其实过犹不及只是糟蹋了茉莉。朋友曾送我一纸包福鼎白茶制成的白龙珠，打开纸包仿佛置身夏日的茉莉花丛。他告诉我这茶是内敛清幽的单瓣茉莉制成的，春天就找好茶底，夏伏天茉莉开得正好的炎热的午后采摘，因为此时花蕾中的精油含量最高。半夜茉莉次第绽开，窨花的工序就开始了。四月的春茶和八月的伏花，终于成就一盏芬芳的秋茶。北方人喜欢花茶，但我喝多了饭馆茶楼的碎劣货色，始终对北地的茉莉花茶印象不佳，直到有人给我介绍了北京"庆林春"的小叶茉莉，一芽一叶细长的茶底，茶汤清亮甘甜。"庆林春"的小叶茉莉无法网购，每次总得托人买上一包拎回上海。水红的纸包裹着的小叶茉莉，吃中式点心时泡上一杯十分相宜。

后来我离开家乡，没有了可栽茉莉花树的庭院，但仍旧在阳台上种了一盆。茉莉并不难种，多晒太阳浇透水就行，温度降到零度左右移到室内，偶尔浇点稀释过的淘米水，埋点鱼肚肠或撒一点草木灰作肥料，茉莉总能回馈我好几茬香花。夏日的夜晚，借着月光或是对面楼里的灯光采上几朵清香皎白的茉莉，是我一天中最放松的时刻。有时隔天早上发现一两朵漏摘的花，花朵的香气已散，花瓣上蒙上了迟暮的暗紫，心里总有点淡淡的惋惜。秋凉后，花枝上只余绿叶。买了可供单饮的茉莉干花，像小纸团一样蓬松的干茉莉香气幽雅，店主介绍说这是广西茉莉，在花开未凋时采下烘干，完整地保留了养分和香气，夜间泡饮有很好的安眠效果。原来那些夏夜睡得安稳香甜，是枕边有茉莉的缘故。

牵牛

小时候看过的牵牛花都是野生的。早上六七点钟走路去上学，路边灌木上随意爬着的蓝色牵牛开得烂漫，在初夏早晨微凉的空气里让人眼前一亮。印象中牵牛从夏到秋一直开着，后来才知道每一朵牵牛都只能开几个小时，但一株花上数根藤，一根藤上又有数十个花苞，分不清哪朵花开哪朵花谢，也就少了惋惜惆怅。日本电影《小森林》的"夏秋篇"中，山野里水汽氤氲，牵牛繁茂的枝蔓爬在山间浓绿的老树上，一只鸟闲闲落在牵牛花藤上，典型的夏日景致。

邓云乡在《旧京散记》中写过牵牛花，说紫色带白边的品种不错。王小波也喜欢紫色的牵牛花，他说安徒生把人文的事业比作着火的荆棘，"我觉得用不着想那么多。用宁静的童心来看，这条路是这样的：它在两条竹篱笆之中。篱笆上开满了紫色的牵牛花，在每个花蕊上，都落了一只蓝蜻蜓。这样说固然有煽情之嫌，但想要说服安徒生，就要用这样的语言"。郁达夫《故都的秋》里，写到晨起泡茶、看碧空、听鸽声，静对蓝色的牵牛花朵，自然而然能感受到十分的秋意。"说到了牵牛花，我以为以蓝色或白色者为佳，紫黑色次之，淡红色最下。最好，还要在牵牛花底，教长着几根疏疏落落的尖细且长的秋草，使作陪衬。"冷色调的蓝，果然最能体现牵牛花的静美。我在网上找到过一张图片，是齐白石画的蓝色牵牛花笺，一枝半悬的花藤，花叶清新写意。梅兰芳是种牵牛的高手，牵牛盛开时齐白石常去他家赏花。日本人把牵牛花称为"朝颜"。据说茶道大师千休利擅种朝颜，丰臣秀吉知他庭中遍植此花，欲上门来赏花，来时庭中却一朵未见，正要发怒，进得茶室一看，一朵朝颜清供于花器中。

有的花买来插瓶就好，牵牛必须亲手栽种。播种子或买花苗，在花盆里插两根细竹拉几条绳子让它攀爬。一开始看的是牵牛藤蔓回旋向上的劲头，看似悄无声息，实则几天就抽出一小截新枝，长出几枚缀满白色绒毛的叶子。第一朵花开带来的欢喜，唯有亲手种植的人才能体会。清晨拉开窗户与新花打个照面，让花叶的光影隔着玻璃映进房间里，绿意盎然的一天就此开始。几颗种子一段麻绳，牵牛就蓬勃地生长起来了，层层叠叠的叶子在阳台上挂起一道绿帘，花可以一直开到深秋。植物对人的回报天真而热烈，难怪俞平伯说"料理园花胜稻粱"。

细看一朵蓝色牵牛的颜色随着时辰、温度，从浅蓝逐渐转为蓝紫，整个炎夏的暑气仿佛都向花里消得干干净净。"一朵深渊色"是俳句诗人与谢芜村对牵牛花的咏叹。日本人一向善于在幽微的情致上做文章。深渊是什么颜色？人心的喜悦和惶然，来日如临深渊般的莫测，这样沉重的寓意，竟然系在一朵弱质纤纤的牵牛花上。作家洁尘有一本四季植物随笔名为《一朵深渊色》,可其中并无写牵牛的篇章,封面上一幅国画牵牛花的小图,风格很像齐白石画的牵牛。齐白石曾在一幅牵牛花图上自题"用汝牵牛鹊桥过,那时双鬓却无霜",笔法简洁却有婉转心事在其中,让人低回不已。

莲荷

炎夏里收到友人快递来的一包藕带。藕带是莲的幼根，白中透着一点嫩黄，尖端簪子般细巧。鲜嫩的藕带不耐久藏，当即加红辣椒和白醋快火一煸，味道清鲜无比。一同寄来的还有湖北洪湖的九孔藕。湖北是千湖之省，藕的质量极高，远非上海菜场里的塘藕可比。把藕切块加入排骨汤里，洁白的藕色渐渐转为粉紫，一锅汤浓郁甘香，甜软的藕却一点都没有糊在汤里。

菜场里不见藕带，卖茶叶的摊子上倒是买得到整张的干荷叶，可以剪碎了泡荷叶茶，还可以用来包糯米饭。把湘莲、香菇、金针菜、栗子、荔浦芋头和浸泡好的糯米，用一张干荷叶包起来上笼蒸，虽是全素阵容却足够豪华。枯绿的干荷叶已经没什么荷香，然而还是有一点植物的清气，用蒸笼布就逊色许多。糯米饭里的莲子要把莲心剔掉。小时候看电影《杜十娘怒沉百宝箱》，看到杜十娘给李甲做莲子羹，大人说莲子先要通心，我才知道莲心是苦的。

碧绿的莲蓬里剥出来的新鲜莲子，完全吃不出莲心的苦味。夏日里上海的街头常有摆摊卖莲蓬的人，手持带秤砣的老式小秤。每次见到他们，我总会想起汪曾祺笔下的青布鱼裙，从前江南江北靠水吃水的人，卖鱼的、贩卖菱藕、芡实、芦柴、茭草的，都系着大约宋朝就兴起的青布鱼裙来表明身份。我在杭州西湖边也买过莲蓬。那是断桥西侧荷区的莲市，有小船载着当日现摘的西湖荷叶莲蓬来售卖，要价低廉但数量有限，每天一大早就有人到湖边排队等候。船上的工作人员告诉我，西湖水好无污染，莲子味道清甜，可惜这里的荷花属观赏型的"花莲"品系，莲子的产量远不及"子莲"，盛夏采荷叶则是为了疏摘，防止荷叶太密影响下层荷叶采光。汪曾祺的小说里有一则关于莲蓬的趣闻：某天果贩叶三给画家送去一大把莲蓬，画家一高兴，就画了一幅墨荷莲蓬图，画好后，画家征求叶三的意见。叶三说："'红花莲子白花藕'，你画的是白荷花，莲蓬却这样大，莲子饱，墨色也深，这是红荷花的莲子。"画家感慨题诗："红花莲子白花藕，果贩叶三是我师。"诗情画意本就与贩夫走卒、世俗生活声息相连。

到了深秋，两三枝干透了的褐色莲蓬插在花瓶里，房间里顿时有了秋意。朋友说这莲蓬让他想起了童年往事。小时候在农村，孩子们都知道吃莲子不要挑翠绿的莲蓬来剥，那样的莲子太生，而乌黑的莲蓬里的莲子虽然硬，却耐嚼清香。坐在水塘边咬几颗紧实的莲子，看着头顶瓦蓝的天和身边瑟瑟的秋草，即便年幼，也能感受到秋天的淡远和悠闲。坐剥莲蓬的无赖小儿，既识货也懂得享受。我在日本的布艺店里也见过干莲蓬，莲蓬里没有莲子，取而代之的是各色花布团成的小球，可惜我并不欣赏。我这人有个怪癖，只要看到植物被刻意加工过，心里便觉得别扭，比如被染成彩色的银柳，烙上字画的葫芦。荷花本来没有一处多余，没有一处不美，就算只留下枯残的荷叶和莲蓬也自有风骨，可以让人听听雨声，让林黛玉和史湘云在月夜里联诗咏叹。

薄荷

溽暑消退如梦魇，薄荷清洌的味道却徘徊不去。薄荷冰沙和薄荷水一入口，清凉雪崩一般一路从舌根向喉咙扩散，几乎让人打一个寒噤。薄荷糕通体浅绿，糯米粉里掺着薄荷粉，端在手里尚未入口，丝丝甜蜜的凉意仿佛已经透过毛孔渗入了肌肤。薄荷糖有清凉的效果，然而不过是填补了味觉的空虚，并没有人一本正经拿它当药。林语堂说他戒烟的时候吃过一阵子薄荷糖。名门闺秀高诵芬的《山居杂忆》里，写到了当时杭州家境殷实的人家嫁女儿，除了喜筵和嫁妆之外，喜糖也是必不可少的。高家的喜糖有黄、红、白、绿、黑、蓝六色，其中绿的便是薄荷糖。韩国影片《薄荷糖》中，薄荷糖是男主角视若珍宝的东西。女友在工厂包了五年的薄荷糖，攒钱给喜爱摄影的他买了一架相机。他去服兵役，每次她寄信来都会在信封里放入一颗薄荷糖。洁白的薄荷糖喻示了他前半段人生的清白与纯美。

气味是难以描摹的东西。黎戈的书里写薄荷味："线形、凛洌的寒香。让人想起：刷过牙的吻，雨后的玉兰树，还有四川的那些雪山下的海子。"这通感用得真妙。薄荷绿这个颜色仿佛也沾染上了薄荷的凉意。亦舒笔下穿薄荷绿衣裙的白领女子,一扫周围深色套装给人带来的沉闷,众人的眼睛顿时吃了冰激凌。

薄荷其实是一个庞大而奇异的家族,薄荷品种的名称有时和实际的香味并不相符。姜味薄荷有姜味,香蕉薄荷散发出香蕉味,而苹果薄荷和凤梨薄荷闻起来都是苹果味。我用过的一款薄荷护手霜,是薄荷园主用十四种不同的薄荷调制而成的,他收集的薄荷多达四十二种。这个狂热的爱花人,园艺生涯就是从一包薄荷种子开始的。

在希腊神话中,冥王哈得斯爱上了美丽的精灵曼茜,妻子佩瑟芬妮十分嫉妒,为了让冥王忘记曼茜,将她变成了一株不起眼的小草,长在路边任人踩踏。可是坚强善良的曼茜变成小草之后,却拥有了一股清凉迷人的芬芳,越是被摧折践踏就越浓烈。这就是传说中薄荷的由来。薄荷的花语是拥有美德和永不消失的爱。《本草纲目》中记载:"薄荷,辛能发散,凉能清利,专于清风散热。"《新修本草》则把薄荷列于菜部,说它"堪生食"。据说薄荷还能治眼疾,因此别称"眼睛草"。

曾经遇见过薄荷一般的人,起初觉得平淡无奇,后来才发现他遭受挫折,与俗世的幸福无缘,却意外地散发出镇定、清凉的魅力。一位懂花草好美食的朋友,走在路上,留意植物的眼光多过看人。后来,我也学会了像她那样,把绿地里叶子边缘长着尖尖锯齿,披着细细茸毛的薄荷香草一眼认出,摘一片薄荷叶在掌心揉碎,辨认那股熟悉的辛香。有时在她家小坐,她会洗净双手，从窗台上的盆栽里，剪下几片薄荷叶，给我沏一杯淡绿的薄荷茶。咖啡馆里喝到的薄荷茶都是茶包，去西班牙旅游时却偶然买到了干的薄荷叶。那家茶叶店在巴塞罗那的老城区，离毕加索博物馆不远。店员一打开茶叶罐，薄荷香扑面而来。细碎的薄荷叶里混合了洋甘菊和薰衣草，微苦的香气十分提神。薄荷茶的滋味，是在经历了生活种种之后，才品尝得出的清冽舒泰，美好得令人有片刻的嗒然。

借水成仙

水仙是一种奇异的花朵。

在希腊神话中,山林中的美男子临水自照,爱上自己的倒影,便扑入水中,化成了一株水仙。英国诗人济慈曾写过"美丽的水仙,我们哭泣因见你早逝,宛如旭日未曾经历中午"这样让人心颤的诗句。这水仙是华丽的洋水仙。"花圃里一行行黄色的洋水仙与紫色的鸢尾花,一行粗壮的梨树上开满了白色的碎花,风吹上来,花瓣与粉蝶齐齐飞舞,白色的斜屋顶,透剔的玻璃窗……"这是亦舒小说里风景明信片般的房子。

中国的水仙是案头清供。"借水开花自一奇,水沉为骨玉为肌。"一簇白花、几片碧叶,水仙适合画写意。多年前读过唐敏的小说《女孩子的花》:相传水仙花是由一对夫妻变化而来的。丈夫名叫金盏,妻子叫百叶。因此水仙花的花朵有两种,单瓣的叫金盏,重瓣的叫百叶。金盏是六片白色花瓣围成的盘子,盘子上有一只黄花瓣围成的酒盏。"常常想象金盏喝醉了酒来亲昵他的妻子百叶,把酒气染在百叶身上,使她的花朵里有了黄色的短花瓣。百叶生气的时候,金盏端着酒杯,想喝而不敢，低声下气过来讨好百叶。"读到这里忍不住笑了起来。文章里的"我"想要孩子，恰逢冬日养水仙花，心想也许水仙能预测孩子的性别，如果开出金盏是儿子，开百叶就会生女儿。"我"希望是金盏，但开出来的偏偏是百叶。那一盆兀自灿烂的水仙，仿佛知道开的花非"我"所盼，在一个停电的夜里，倒在一支蜡烛上自行了断。"蜡烛把两朵水仙花烧掉了，每朵烧掉一半。剩下的一半还是那样水灵灵地开放着，在半朵花的地方有一条黑得发亮的墨线。"这个情节至今难忘。

在老家福建泉州，过年免不了要养几盆水仙。然而水仙并没有因此矜贵起来。在西街的许多小店里，水仙花球和糖果蜜饯、西瓜子、糯米做的甜粿、元宵一起售卖，价格也低廉，人们办好年货，捎带着选几头水仙回家。等过好年，那些挑剩下的水仙被店家养在水里，等开了花便一把把割下来卖。于是，在上海的花市见到身价涨了好几倍的水仙花球，不由得感叹物离乡贵。

水仙的叶子不能长得太长，否则花开得再好也会东倒西歪。据说叶子长短跟刻花球人的手艺技巧大有关系，其实日晒也非常重要。植物在缺乏光照时会徒长，这是它们发觉阳光不充足，生长受到威胁时的一种自我保护机制，让植株变得更细长增加了获得阳光照射的几率。老舍把养水仙的窍门归结为"低温晒太阳"。白天把有水的水仙盆拿到室外去，放在向阳的窗台上晒太阳，一直到太阳落山，再把水仙盆挪回屋内，尽量离火炉或者暖气远一些，而且要把盆放在地上，取其低温。水要天天换，早上加新水，晚上倒干。这样晒出来的水仙，花开得繁茂，叶子却不会疯长。我在上海很少种水仙，总担心光照不足，花儿结了蕾却没开就枯瘪了，这样失败的经历我曾有过。

水仙只要有阳光和清水就能养活。晒水仙虽然有些琐碎，但冬日的屋子里开着清香扑鼻的水仙，这情景光是想着也足以让人陶醉，忘却外面的天寒地冻。借一点水仙的颜色和香气过年，俗世里的人也有了陶然成仙的一刻。有水仙相伴，冬天长些竟也无妨了。

碗里的梅花

买了几个梅花碗,外边是低调的蓝灰色,碗里却有几枝梅花从碗底一路开上来,褐色的枝条衬着象牙白的花朵,疏朗秀丽。用梅花碗来盛米饭,对面的人看不出碗里的文章,但吃着吃着,梅花一朵朵露出来,我低头看见了便独自微笑起来。

梅花是二十四番花信风之首。南朝宗懔《荆楚岁时记》云:"始梅花,终楝花,凡二十四番花信风。"花信风按节气分,从小寒第一候梅花开始,到谷雨第三候楝花结束,一共八个节气,楝花开过花事便了。小时候在姑姑家里见过红梅,承天寺的院子里也有红梅,在阴冷的天气里开得格外俊俏有神。范成大的梅谱说红梅:"粉红色。标格犹是梅,而繁密则如杏,香亦类杏。诗人有'北人全未识,浑作杏花看'之句。与江梅同开,红白相映,园林初春绝景也。梅圣俞诗云:'认桃无绿叶,辨杏有青枝。'"北方梅花不多,邓云乡曾写过多年前北京的梅花:"过年了,父亲从花局子买了两盆盛开的梅花,放在烧着洋炉子、开水壶从早到晚突突响着的堂屋中,阳光照着,热气蒸着,真香啊,真艳啊!这是生平所见最幸福的梅花。"读来真是暖色生香。

　　复旦校园里冬天可赏梅。寒假一到，学校里人迹寥寥，找一个晴好的白天去曦园的梅樱坡看梅花是至好的享受。夜晚在校园里散步，最期待遇见梅花。第一教学楼附近的绿化带里有几株白梅，在昏暗的路灯下凑近细看，心里遗憾自己不会画画。白梅的花朵清丽，墨色的枝条虬曲着，线条之美难以用文字来描摹。寒夜里的白梅有种清冽的香气，《红楼梦》里薛宝钗冷香丸的配方里，其中一味便是白梅蕊。只要看一看梅花，即便白天心底残留着没来得及清理干净的郁闷纠结，这时也慢慢消散了。

　　我在台北故宫博物院的礼品部买过一块棉的帕子，上面印着王冕的《赠灵峰上人墨梅图》。一树披拂的白梅，花密枝繁，左下角题诗曰："粲粲疏花照水开，不知春意几时回。嫩云清绕孤山路，记得短筇寻句来。"王冕爱梅、咏梅、画梅成癖，相传在九旦山植梅千株。某年夏天去东京访友，逛街时她执意要送我件礼物留念，我在一家书店里挑中了一块梅花图案的手拭巾。手拭巾是一种不车边的印花布，可以用作头巾、围巾，或者用来包礼物。这块梅花手拭巾暗黄的底色上，梅树的主干浓墨重彩，花朵和花苞留白，细枝、花萼和花蕊用青灰涂染，苍然有古意。"梅"因发音与"霉"相同，有人觉得意头不好，尤其是枝条倒插的梅花，画家一般不会如此布局。友人给我画了一幅白梅图，花枝皆向上斜展，花蕊用藤黄点染，她特意告诉我："这是会带来好运的扬梅。"其实讨口彩对我来说无关紧要，赏心悦目就好。

台静农在追忆张大千的文章里写到,每当张大千过生日,自己总是画一小幅梅花送他,他也欣然。最后一次生日,画了一幅繁枝,求简不得,只有多打圈圈。张大千说:"这是冬心啊。"这幅梅花还是欢快、饱含兴致的。而他题着宋人诗句"孤灯竹屋清霜夜,梦到梅花即是君",远隔重洋辗转万里寄赠好友的梅花小品,就有了惆怅难言的滋味。

梅花总是开在多情人的心里。

枇杷

枇杷是春末夏初的水果。枇杷果形状丰满，浅橘色的果皮上覆着一层茸茸细毛。最近在"莆田"餐厅点过一次枇杷，一盘只有六颗，配一把不锈钢小勺，用勺子刮过的枇杷更易剥皮。枇杷可以直接用手剥了吃，这是我喜欢枇杷的原因之一，只是吃时满手汁液，果核在嘴里骨碌碌打转，如果没有熟到一定的程度，并不适宜同席共享。有一次去日本朋友家里做客，女主人细心地把枇杷剥皮去核端上来，虽然文雅，但我总觉得失却了一点趣味。车前子的《罗汉寺》里写采枇杷，说要捏住枇杷梗，顺势一拗，手不能沾果实，否则第二天枇杷就会起褐点、腐烂，卖枇杷的常为顾客光摸不买动气。我小时候都是从树上直接采了吃，没想到有这样的讲究。

枇杷革质的老叶正面是略显呆板的暗绿色，在南方春夏的繁花绿叶中并不出彩，唯有春初枇杷树的新叶还值得一看，银白色的一簇簇，让人联想到嫩白可爱的手指。然而寒冷的冬天一到，枇杷叶不疏不褪的绿和乳白色的小花便显得格外精神。某年春节回老家，朋友带我去看一处民宿，推开二楼阳台的门，半树枇杷花触手可及。红砖的楼房、晒台上墨绿的瓷瓶栏杆、枇杷花，这才是我记忆中的南国风光。枇杷叶其貌不扬，却是去胃热、止咳化痰的中药材，川贝枇杷膏里就有一味枇杷叶。

枇杷果肉软多汁，主要有白色和橙色两种，称"白沙"与"红沙"。白沙甜，果型较小，红沙较酸较大。《咸淳临安志》里写道："枇杷白者为上，黄者次之，无核者名椒子枇杷。"汪曾祺写白沙枇杷，说果贩叶三卖的水果是最好的，每年都花大半年的时间在外找果子。但凡收到好水果，叶三总不忘给画画的季四爷送去。有一回送的就是枇杷："四太爷，枇杷，白沙的！"我吃过苏州洞庭东山小粒的白沙枇杷，果然香甜可口。苏州的友人说，东山的枇杷树常和石榴、杨梅、香橼、橘树和碧螺春混种，山林四季草木葳蕤芬芳。

小区里的枇杷树，每次枇杷黄时都被鸟雀捷足先登，想来味道应该不错，据说鸟儿都很知味，酸涩的果子根本不碰。去年冬天网购了云南蒙自的枇杷，果味清爽甜蜜，有几颗枇杷上还留有鸟儿啄过的痕迹。店主惜物，说残破不严重还是可以吃的，萧瑟冬日里甜润的果实本就得来不易。虽然店主附赠了熬制枇杷酱的食谱，但我还是不舍得把金灿灿的果子入锅熬煮。

橙黄的枇杷适宜渲染，入画灵气十足。据说吴昌硕画枇杷果时常一笔圈成，趁纸未干时画上墨点，枇杷顿时有了汁水淋漓的质感。白石老人也喜欢画枇杷。上海博物馆里藏有虚谷的《枇杷图》，画面上数枝交错挺立的枇杷，画家用的是逆笔、枯笔，果实的设色却明丽，空荡荡的背景正是虚谷一贯冷峭清奇的风格。

"枇杷"与"琵琶"同音，容易混淆。关于枇杷和琵琶有一则趣闻。明朝文人沈周收到友人送来的一盒礼物，并附有一信，信中说："敬奉琵琶，望祈笑纳。"沈周打开盒子一看，却是新鲜的枇杷果，他回信给友人："承惠琵琶，开奁骇甚！听之无声，食之有味。乃知古来司马泪于浔阳，明妃怨于塞上，皆为一啖之需耳！今后觅之，当于杨柳晓风、梧桐秋雨之际也。"这将错就错的戏谑，真是刻薄又风雅。

梅滋味

买了瓶梅子酒。店家说，这是云南洱源的野生青梅，以伏特加浸足一整年。玻璃瓶里的酒，闪着琥珀色的微光。伏特加的烈和梅子的涩彼此驯服，酒味竟出乎意料地柔和。兑上苏打水，梅子的香和苏打水密集的气泡一起在嘴里炸裂开来，真是春末夏初的好饮品。这家的梅酒卖断了货，换种度数稍高的继续喝。这回的青梅酒里加的不是冰糖，而是甜味低沉的土蜂蜜，酒色也变成了酡红。酒瓶标签白纸黑字，赫然印着"日夜念着想着要喂马劈柴，进山酿酒过草莽间、江湖上的日子"。山野里的花间酒肆，果然给人一种幸福就在不远处的幻觉。记得第一次喝梅子酒是在日本。随便走进一家日式居酒屋，酒水单上总有几款梅子酒。朋友都说入门级的梅子酒非柠檬草梅子酒莫属，于是我就从它喝起。果香浓郁的梅子酒香中混杂着清爽的柠檬草味，入口清甜。大关柚子梅酒也很容易入口，梅子的酸甜芬芳和柚子很相宜。BENICHU20°是洋溢着梅子香气的威士忌，几乎无甜度，香味异常浓烈，走的是醇厚浓郁的路子。BENICHU38°是把渍梅子放入干馏酒里长时间浸泡而成的，等我将这样的烈酒也悠然饮下，她们便宣告我毕业。后来，不必去居酒屋，自己买上一瓶梅子酒，回家加冰块或者苏打水，坐在榻榻米上看会儿电视，成了每晚睡前的例行节目。下雨的夜晚独自打伞出去买酒，讪笑自己原来也是容易上瘾的人，不过一点负担得起的依赖或癖好也不算是什么坏事。

是枝裕和的电影《海街日记》里，老梅子树是祖屋的灵魂。长女与母亲关系疏远，等母亲独自去车站时，却拿着一瓶酿了十年的梅酒去送她。同父异母的妹妹搬来一起生活，姐姐们笑着说总算有人可以代她们上树摘青梅了。大姐和妹妹一边用竹签在青梅上扎上细密的小孔，一边聊着梅子酒酿成后如何分赠亲友，这样平淡的细节余味悠长。和片名一样，影片没有依傍离奇的情节，而是把生活揉碎在一棵树、一瓶酒和日常的相聚里。我在名古屋时，每年青梅上市的季节，总会见到附近的超市单独辟出一个摊位，堆满青翠的梅子和酿梅酒的广口瓶。和我在上海见到路上的行人手握一束艾草、菖蒲或粽叶一样，人们对季节和传统的端庄情意，总让我感动莫名。

青梅只加冰糖不加酒，等梅子发酵，就成了梅子露，加水和冰糖熬煮的则是梅子酱。梅子酱可以泡水喝，烧排骨或鱼也别有风味，梅子酱的酸味比醋柔和、甜味又比黄酒清新，很好地消解了荤物的腥和腻。紫苏梅饼是精致的佐茶小食。古法制作的梅饼，野生梅子不去皮核，用石臼捣烂，加入盐、糖和甘草粉腌制，然后揉成团，用整张的紫苏叶包裹，压成扁平的饼状。一小块混着碎梅核的梅子干，用舌尖细舐小粒梅核，清爽的梅子味佐以醇香的茶，真是难得的意趣。

杨梅

江南梅雨季最妙的果子当属杨梅。同一筐杨梅,或嫣红或黑紫,红是神采奕奕的红,黑紫则是熟成的深沉。杨梅的季节短,于是遇见看得上眼的,总会贪心地多买一点。我自认是个节制的人,却只有在吃杨梅的时候,会把一大碗杨梅一口气吃光。盐水浸过的杨梅,果粒上残留的一丝咸味反而凸显了杨梅的甜。那甜味掺着微酸,因此并不腻人。可口的酸甜在贪嘴之后方显余威,让人惊觉牙根发软,欢乐原有代价。

浙江余姚盛产杨梅。明代余姚进士孙陞有诗云:"旧里杨梅绚紫霞,烛湖佳品更堪夸。自从名系金榜后,每岁尝时不在家。"清代经籍校勘学家卢文弨也是余姚人,据传他在江宁钟山书院当主讲时,从"知不足斋"借得宋刻本《咸淳临安志》校对家藏抄本。校至卷三十,卷末朱笔细字书:"白下不产杨梅,何日归而饱餐乎?"次月,卷五十六末复有题识:"吾乡杨梅此正可啖时矣,白下无此,何以解余馋哉!"

汪曾祺笔下昆明雨季的杨梅是颜色黑红的"火炭梅",乒乓球般大小,"真是像一球烧得炽红的火炭"。卖杨梅的是苗族女孩，戴小花帽穿绣花鞋，坐在人家阶石的一角，不时吆喝一声"卖杨梅"。我在菜场附近遇见的卖余姚杨梅的小伙子，用翠绿的叶子把一筐杨梅衬托得格外好看。他用大斗笠低低压着眉眼，仿佛是个隐于街市的侠客。也许是骄傲地认为自有识货之人，主人并不开口叫卖。企图议价和随意翻拣的顾客，遇上他冷冷的目光，讪讪败下阵来。

《本草纲目》中记载"杨梅可止渴，和五脏，能涤肠胃，除烦愦恶气"。去年好友寄来一款家乡小吃，是泉州源和堂蜜饯厂制作的咸杨梅，主料是杨梅和香橼，有去郁消积的作用。《金瓶梅》里的西门庆穷奢极欲，家常吃的除了肥甘厚味，还有一般人"做梦也梦不着的好东西"。第六十七回里，西门庆和朋友吃酒，小厮拿来几碟果食，其中有一碟黑黑的团儿，用橘叶裹着。应伯爵吃了觉得细甜美味，却不知是何物。西门庆说那是杭州船上捎来的"衣梅"："都是各样药料和蜜炼制过，滚在杨梅上，外用薄荷、橘叶包裹，才有这般美味。每日清晨噙一枚在口内，生津补肺，去恶味，煞痰火，解酒克食，比梅酥丸更妙。"

清代的朱彝尊在《食宪鸿秘》里写过"醉杨梅"："拣大紫杨梅，同薄荷相间，贮瓶内，上放白糖。每杨梅一斤、白糖六两、薄荷叶二两，上浇真火酒，浮起为度，封固，一月后可用，愈陈愈妙。"真火酒就是烧酒。酒浸的杨梅有消食、解暑、止泻的功效。我在南浔的农家尝过杨梅浸泡的高粱酒。小小一杯酒迅速放倒了一个西北汉子，而前来劝酒的女眷连饮两杯面色如常，安然在灶前烧火。在舟山群岛朱家尖的农家乐，瞥见主人的玻璃缸里泡的分明是杨梅，颜色却是青白的，酒色也不是常见的粉红，细问之下才知是山上未熟的野生杨梅。

常去的小店，这个时节出售的植物染，是杨梅染的布袋子。店主贪玩，用杨梅染了几卷老料的苎麻做成袋子，让时令鲜果物尽其用。他说，由于不用固色剂的缘故，杨梅初染的深红，会随着水洗日晒慢慢褪色，最后只余淡淡的灰粉，来年的梅雨季可以把褪色的袋子寄回免费复染。其实灰粉十分耐看，尤其是染在越用越软熟的苎麻上。"红到极处便成灰"，这是一句叫人警醒的话，然而毕竟红过，即便成了灰，仍有一缕艳丽的魂魄在其中。

花菜与完美主义

有个朋友向我抱怨，说花菜的味道真是寡淡，素炒花菜怎么炒都不好吃。香港美食家蔡澜也说花菜不好吃。他写过一套三册的《蔡澜食材字典》，对中外饮食里最普通最常见的粮食、蔬菜、水果、海鲜和河鲜进行了描绘，并介绍了它们的食用搭配。一根葱、一条鱼、几粒茴香籽，近三百种食材逐一讲解。见多识广厨艺精湛的蔡澜也说花菜无味，坦承自己实在想不出什么办法把花菜做得好吃，在西餐里看到它被当作牛排猪排的配菜，"焓熟了放在碟边，从来没去碰过它"。真是快人快语。

法国名厨洛瓦索就是被花菜挫败的。身为"米其林三星"的顶级大厨洛瓦索是个完美主义者。他为了改善花菜的味道，在花菜外面裹上一层薄薄的糖浆，蒸、煮、炸一一尝试。他还在糖浆上下功夫，锅热一点或冷一点，加水或不加水，让花菜入锅滚久一点或快一点。洛瓦索自信一定能找到完美的方法，做出让人啧啧称奇的花菜。洛瓦索精心烹制的花菜终于推出，没想到最先品尝的美食评论者给的评价差强人意，他们觉得滚了糖浆的花菜仍然平淡无奇。洛瓦索自杀了，他接受不了自己的苦心和反复试验无法带来完美的结果。

苛求完美到完全否定自我的价值，最终成了无情的反讽。洁净、有序和美好从来都是有限的，即便科学公理也有假设和前提，现实生活本就没有完美。梵高有幅画叫《鸢尾花》，画的是一捧插在陶土瓶中的蓝色鸢尾，其中有一枝花折了下来拖在花瓶后面。完美主义者也许会觉得碍眼，但恰巧是这枝花带来了真实和平衡，抵消了那种花叶繁茂头重脚轻让人不安的感觉。我比较认同的观念是，如果完美主义情结与生俱来，那不妨以完美主义者的身份，接受这个世界的残缺和瑕疵。接受是想开了之后的容纳，像一个清心的人由于条件所限怡然地吃着肉边素，既不怕坏了自己的修行，也不会让同席的人不快。

"菜花昆明叫椰花菜。北京炒菜花先以水焯过，再炒。这样就不如干脆加水煮成奶油菜花汤了。昆明炒椰花菜皆生炒，脆而不梗，干干净净。如加火腿，尤妙。"这是汪曾祺笔下的昆明花菜。也许昆明的花菜是松花菜，和我在闽南时吃的一样，花蕾较为松散，梗子不是雪白而是淡绿色的。松花菜易熟，大火快炒后口感很脆，味道相当不错，但松花菜产量低，后来人们经过人工选择，培育出了花球洁白紧实的紧花菜。如今市场里号称"有机花菜"的不过是松花菜，"有机"与品种无关，只是对蔬菜种植环境的定义。

要让花菜入味，其实也不是那么难。我建议那位朋友先将花菜入沸水氽，软化一下它油盐不进的生硬姿态，然后葱、姜、辣椒炝锅，下足糖、酱油爆炒即可。多年以前读过三毛的一篇文章，写的是她用卷心菜做饺子馅的趣事。"外国的蔬菜大半跟他们的人一般，硬邦邦的多，那么由我来以柔克刚像对荷西一样。再硬的粗脆包心菜，都给细细地切成末碎，再拿热水来煮软，然后找出一双清洁的麻纱袜子，将包心菜倒进去，挤掉水分，掺进碎肉里去。"我读了印象很深，对于硬而不易入味的蔬菜，先将其软化也许是个聪明的选择。或者，就让花菜安心做个配角也很好，毕竟它有着悦目的白和花一般的形态。

葫芦

书架顶上斜斜放着一个大葫芦。

一向喜欢爬藤植物,紫藤、茑萝、牵牛、葡萄……光是笔直地往上长总有些单调,随意攀爬更引人想象和期待。葫芦也善攀缘,小区里有人搭了架子种葫芦,每年到了葫芦闪着青光的季节,走过时都会停下来欣赏一会儿。沉甸甸青嫩的葫芦,干透后却变得轻盈,颜色也转为深黄,优美的弧线却不改。《诗经》里"八月断壶"里的"壶",就是葫芦科植物的果实。

葫芦味美。《红楼梦》第四十二回里,平儿送别刘姥姥时说:"到年下,你只把你们晒的那个灰条菜干子和豇豆、扁豆、茄子、葫芦条儿各样干菜带些来,我们这里上上下下都爱吃……"可见侯门大户的金枝玉叶也爱这农家的日常瓜菜。如今到乡间旅游,偶尔也会见到当地人在路边售卖晒干了的葫芦条。

在爱知大学当外教时,一个山东来的同事,嫌一个日本人的脸长得不够饱满周正,背地里给人家起了个绰号叫"苦瓢子"。他告诉我："小时候摘了个葫芦玩，被父亲斥责，辩解说晒干了当瓢使，结果葫芦太嫩，瘪得不成样子，那就是苦瓢子。"听他一说，觉得这绰号虽刻薄，但颇为形象。后来我查了资料，发现葫芦作为水器使用早于陶和青铜，孔子曾用"一箪食一瓢饮"形容颜回清贫的生活。对半剖开的葫芦瓢，几乎不用加工便可应付日常舀水洒扫。除了水器，葫芦也常作案头雅玩或者养秋虫、装酒装药的容器。以前行医卖药的人，都会在店外悬挂葫芦幌子表明身份。旧时婚礼上有一道重要的仪式——"合卺"，"卺"其实是种苦葫芦，味道苦涩，只能做乐器和酒器。将卺一剖为二，新婚夫妻各执其一饮酒，以示同甘共苦琴瑟和鸣，这便是"合卺"的由来。

种葫芦是要花些心思的。心岱的文章里写她摘了雄花爬上高凳去给雌花人工授粉的细节，读来十分有趣。文物专家朱家溍在《故宫退食录》里写到，夫人赵仲巽的外公是清朝榜眼，榜眼公的两个妹妹都不出嫁，家人称她们"五老爷"和"六老爷"。五老爷好雅玩，养得两盆小葫芦，每只寸许长。某年葫芦结子格外细小，五老爷一整年悉心看顾，得了一枚三分长的"草里金"（不满一寸，形状周正的小葫芦）。她用碧玉打一个竹杖形的簪子，足赤黄金绕作绦结，把小葫芦挂在小竹杖上，拿来哄侄外孙女开心。从前的富贵人家，常把珍奇的小葫芦做成耳珰、衣扣，格外素雅低调。

葫芦和人也讲缘分。我常逛的黑山路花鸟市场有一家卖葫芦的。第一次去的时候，店里那些挂在高处刻字、烙画的葫芦我一个都没看上。花草蔬果，清白自然就好，雕琢过反而有说不出的别扭。老板懒洋洋地说:"七月中旬你再来看吧。"七月的第一个星期天我一早就去了。老板吃了一惊:"巧了!你怎么知道今天葫芦到?要是明天来就一个不剩了,有人整批要了。"一百多个葫芦堆得满地都是,我挑拣了半天,最后抱走的却是最先看中的那两个。两个大葫芦,一个让朋友讨去供佛。摆在书架上的那一个,有人一见就掩嘴:"你这是要收谁?"我的葫芦不能用来收妖,也没有好酒盛,甚至不能当瓢使,它只是让我默默地看了又看。

煮芋

"芋"这个字,《说文解字》里说它"大叶实根,骇人,故谓之芋也",南唐文字训诂学家徐锴的解释是"'芋'犹言'吁',吁,惊辞也。故曰骇人",看来芋的模样还真是使人吃惊。然而芋味美,苏东坡形容它"香似龙涎仍酽白,味如牛乳更全清。莫将北海金齑鲙,轻比东坡玉糁羹"。《红楼梦》里第十九回,贾宝玉跟林黛玉聊起腊八粥,说林子洞中的耗子精要偷点果米熬腊八粥,山下庙里是个好去处。"米豆最多,果品却只有五样,一是红枣,二是栗子,三是落花生,四是菱角,五是香芋。"虽是胡诌,但足以显示芋在五谷杂粮中的重要地位。

以前在福建常吃槟榔芋,这是南方栽培的大魁芋的一种。槟榔芋像个巨大的纺锤,最简单的做法就是切成一瓣瓣蒸来吃。秋日里午睡起来,去厨房的蒸锅里取一块解馋,水汽淋漓,粉白的芋头因过于松糯而微微开裂,味道极香。槟榔芋切小块油炸,甜咸调味都好吃,煮成香芋糖水则甜润绵软。台湾传统小吃芋圆就是芋头加红薯粉或木薯粉制成的,和许多甜品冰沙都能搭配。福建福鼎的槟榔芋泥是当地的特色小吃：槟榔芋洗净放入开水锅里煮熟，用凉水冷却后剥皮，将芋肉压成泥，加香油、熟芝麻、冰糖水即可。美食家蔡澜曾在散文集《食色》中列过一个"死前必食清单"，说"芋头吃法，莫过于潮州人的反沙芋，松化甜美。芋泥更要磨得细，用一个削了皮的南瓜盛，再去炖熟"。

来到上海后，菜场里买到的大多是红梗芋艿。刷洗干净入锅煮熟，捞起沥干水分剥皮蘸点白糖吃。每年中秋，水煮的芋艿和毛豆是家家户户餐桌上少不了的一道菜，如果再加只鸭子就更圆满了。葱烧芋艿也是家常菜。某日偶然买到广西荔浦芋头，发现和从前在福建吃到的槟榔芋外形和味道都极相似。后来一查资料果然就是槟榔芋，据记载是福建人将芋头带入荔浦栽种。槟榔芋切薄片夹在猪肉里做香芋扣肉、炖排骨或者烧鸭子都极美味。

芋一般吃的是块茎，然而云南的朋友说当地的菜市场常常能见到细长的芋花，据说毒性很强，处理不当容易中毒。其实，生的芋头也是有点毒性的，毒性物质主要是草酸。小时候偷偷将姑姑院子里的芋头从土里挖出来玩，结果一双手红肿可怕越抓越痒，教训十分深刻。后来买芋头时都让摊主帮忙把皮削掉，回家戴上手套冲洗仍然心有余悸。

有一年夏天，朋友请我在东京新宿荒木町的一家小店吃饭。朋友是熟客，菜式全由掌柜自己定，当日的席上不乏山珍海味，但最让我念念不忘的是一小碟煮芋艿。看似平淡无奇的芋艿，用店里自制的海带高汤熬煮，入口清鲜无比，更妙的是芋上撒的几根碧绿的细丝，散发着芸香科植物特有的香气。把厨师找来询问才知道是柚子皮，不是我们常吃的文旦，是比拳头略大的绿皮柚子，这个季节柚子还没成熟，但它酸涩芳香的果皮用来调味却是神来之笔。林文月有一篇《吃在京都》的随笔，写得十分风雅："春夏之交，芋头的新茎刚长出，摘下最嫩的一节，用沸水略烫，切成寸许长，放在精致的浅色碟中冷食，颜色碧绿，脆嫩可口。"这是高级料理店才有的菜色吧，可惜我在京都的寻常食肆从未得见。

奉橘

在微博里读到有关橘子的片断:"有人带来远方山里寺庙摘下的新鲜橘子。经历火车的一路迢迢,依旧皮色青翠,滋味清甜。这样的小礼物,总是能够让人觉得好几天心里都又暖又静。"博文后面附了张照片,青枝绿叶的一堆橘子,连橘皮也是油绿的,让我想起王羲之"奉橘三百枚,霜未降,未可多得"的帖子。王羲之的《奉橘帖》干净疏朗,而又有婉转深情在其中,韦应物的"怜君卧病思新橘,试摘犹酸亦未黄,书后欲题三百颗,洞庭须待满林霜"的意境也很美,读来仿佛秋凉时节尝到橘子的清新滋味,甜酸冷冽,丝丝入肺。记得父亲曾经感叹过,橘子这样多汁清凉的水果,为何竟产在秋冬,不能用来消夏?无论古人今人,只要是敏感多情的,对季节、对朋友的感怀都差不多。

我很喜欢柑橘类的水果。柑橘扁圆的果实甘甜多汁,皮极易剥去,适宜一边看书一边剥食。只要不是太笨拙,剥柑橘的手沾染了芸香科植物特有的芳香,但不会把书页弄脏。最重要的是,吃柑橘基本上不会影响阅读的连贯性和愉悦感,柑橘酸甜的口味还会令读书乐趣大增。记得在京都时，常去一位朋友家蹭饭吃。她家客厅里有个取暖的煤油炉。吃饱喝足，放几个橘子在上面烘一烘，烘热的橘子吃起来有甜暖的味道。她说老家乡下冬至杀猪熏腊肉，熏料有锯木屑和稻谷，加茶树枝或榨油的茶籽壳，也有用松柏枝的，多一层木头的香气，最好再加柑橘皮或柚子皮，第三层的果香格外迷人。我们常说要一起去坐一趟北海道冬季的小火车，车上有烧煤的小火炉，可以让乘客边喝啤酒边烤鱿鱼。除了鱿鱼，橘子是一定要备下的。烘烘炭炉，看看外面的冬季流冰，小火车仿佛可以一直开往世界尽头和冷酷仙境。

关于橘子，有一段温暖而伤感的记忆。大学时，有一天回宿舍，只见桌上放了一个小小的藤篮，篮子里堆满蜜橘。一看篮子下的字条，我便知道送橘子的是谁。我认得他这一手匀净秀雅的好字。我跟他是很谈得来的朋友，但见得并不多。有一天，听说他生了病给他打电话，他在电话那头用一贯轻描淡写的口吻说，脑子里长了个瘤，不过没有大碍，正在等医院的床位，动个小手术就好了。我信了他，只说过两天去看他。几个星期之后，在路上遇见他形容憔悴的妻子，臂缠黑纱。我呆在原地，嘴唇像有千钧重，竟然无法出言安慰。这一次的失约不能追悔和弥补，我们说过再相见的，原来这也会成为一句空话。后来我带了蜜橘去墓前看过他。在此之前，我曾尽力说服自己不去参加他的追悼会。因为我想记住的，是他穿着米白的长风衣站在我面前的模样，银手镯上刻着一只鹰。在墓园，一眼看见他含笑的照片，四周的一切都静了下来。他还是老样子,以后也都是这个笑模样了。这个天真、腼腆的人,从前看着他的眼睛,他会羞怯地把自己的目光移开。这一次,终于可以和他长久对视。

普通人的一生,便是在季节、饮食、家事、生计、怀人、访友、病痛中过去的。

柿

我在闽南吃的都是扁圆的软柿。柿子皮薄如膜，用手掀掉柿蒂，轻轻掰开便可吸食如浆的果肉。后来去日本，见到超市里有方形的柿子卖，觉得十分新奇。方柿清脆甘甜，秋日里去朋友家做客，女主人总会细心地削皮切成块端上一小碟。汪曾祺笔下火炉边带着冰碴的冻柿子我至今也没尝过。

柿子质软无法打落，我原先不知道高处的柿子如何采摘，后来看了日剧《小森林》才明白。原来摘柿子的竹竿上面有个分杈，把树枝夹在缝隙里用手一拧，就可以把柿子连枝折断取下。我对圆得整齐划一、白如扑粉一般的柿饼兴趣不大。不久前从陕西网购来的富平柿饼却颠覆了我从前的印象。小巧的心形柿饼，放在冰箱的冷冻格里糖分还在不断地析出，直至整个柿饼覆上一层美丽的白霜，口感意外地清甜软糯。

初冬到北京出差，在酒店的餐厅吃晚饭，偶然望见院子里的树上挂着几盏小灯笼，定睛细看居然是柿子。万物萧瑟的冬天，橙红的果子让人精神一振。吃早餐时红通通的柿子还在树上，但片刻之后等我取了相机拐进院子，柿子树的枝丫上已变得空空荡荡，真像一场梦。去青岛游玩，在金口路鱼山路一带闲逛，隔墙看见人家院子里的柿子树上挂着几枚红果。这柿子的形状并非憨厚的浑圆，而是多了一道细细的"腰线"，远看像宋画小品。杭州西溪湿地里的柿子也好看，高远的天空下，落叶被风卷着簌簌飞到河面上，坐在竹筏上看两岸的野花和芒草，空旷地里立着一棵高大的柿子树，高枝上零落的柿子艳红如火，盛大的秋意扑面而来。唐代《酉阳杂俎》云："柿有七绝：一多寿，二多阴，三无鸟巢，四无虫蠹，五霜叶可玩，六佳实可啖，七落叶肥大，可以临书。"这闲情真让人羡慕。

　　京都岚山有间"落柿舍"，这里曾是俳句诗人向井去来的别墅。"落柿"的由来，据说是某日主人见柿子已熟，邀约友人翌日聚会，一起采摘柿子品尝果实，谁知一夜风雨后柿子全被摇落。向井去来是松尾芭蕉的弟子。1691年芭蕉曾应邀在落柿舍住过一段日子。他在《嵯峨日记》中写道："京都有向井去来别墅，位于下嵯峨竹树丛中。近邻岚山之麓，大堰川之流。此地乃闲寂之境，令人身心怡悦，乐而忘忧。去来性疏懒，窗前荒草离离，不加芟除。数株柿树，枝叶纷披，遮蔽房檐。5月，雨水渗漏，铺席、隔扇霉气充盈，几无寝处。户外，树影森森，殊觉可喜。此一地清阴，乃去来送吾之最佳礼物也。"落柿舍的几间草舍果然简陋，却如俳句般清简有味。舒国治在《门外汉的京都》里写到京都的小桥流水："立桥北望，深秋时，一株虬曲柿子树斜斜挂在水上，叶子落尽，仅留着一颗颗红澄澄柿子，即在水清如镜的川面上亦见倒影，水畔人家共拥此景，是何等样的生活！家中子弟出门在外，久久通一信，问起的或许还是这棵柿子树吧。"日本著名的系列电影《寅次郎的故事》里，柿子树屡屡在镜头里出现。枯淡萧瑟的秋日，荒山上、老宅里、溪流边寂寥的柿子树，和黄昏时乌鸦的鸣叫、寺院里的钟声一样，让漂泊在外的人心生怅惘。寅次郎在家书中写道："最近在旅途总感觉寂寞，可能近秋天了，我躺在河边的墓地上，看着红蜻蜓从蓝天飞过，我在想，这次我回到故乡柴又，要好好休息。"

香榧、山核桃与松子

入冬以来，一直在吃坚果。

香榧这种坚果，江浙沪地区以外的人并不熟悉。橄榄形的香榧褐色的外壳毫不起眼，剥开却金黄香脆。苏东坡有诗赞曰："彼美玉山果，粲为金盘食。"香榧与红豆杉同科，是恐龙时代的孑遗植物，生长极为缓慢，一年开花，两年结果，完全成熟则要三年。香榧树的一根树枝上，往往同时结着前年、去年和今年的果子，能采摘的唯有前年结出的成熟香榧。因此采香榧不能胡乱摇落或打落，只能架上竹梯，带上竹篓和绳子，徒手爬上十几米高的香榧树。新鲜的香榧外皮是油绿色的，采摘下来先堆放在阴凉处发酵除涩，直至外皮全部变黑再铺晾晒干。香榧娇贵，暴晒的方法行不通，必须慢慢晾干，然后进行两次炒制。第一次炒至三四分熟，放入冷盐水缸里浸上几秒，冷却后再炒第二轮。

今冬买到了真正的诸暨香榧。诸暨是西施故里。清朝《平泉草木志》记载："木之奇者，稽山之榧。"稽山就是浙江诸暨的会稽山脉。这片山脉里有片原始香榧林，生长着七万多株百余岁和两千多株千岁以上的香榧古树。我是在"农好集市"上偶遇这个卖香榧的女子的。她是诸暨人，出身榧农世家，曾在上海当过家具设计师，后来回乡帮父亲保护香榧古树群落，打理香榧生意。这些年我认识了好些像她这样的聪明人，早年离家去大城市开眼界，满足少年人的好奇心，有了积累和阅历，再回乡去从事真正适宜自己的事业，而设计本身也是一通百通的行业。她家的香榧都是五百年树龄以上香榧树的果子，以古法纯手工炒制，味道香脆无比。附送的棉麻餐垫和明信片都是她设计的。餐垫上印着黑白线条的画，灵感来自细长互生的香榧树叶，明信片上的香榧林拍摄得极美，繁茂的青灰色的树叶素雅宁静。

江南一带，山核桃也是颇受欢迎的零食。山核桃难剥，唐代的《岭表录异》中就有记载："山胡桃皮厚而坚，底平如槟榔，多肉少仁，以斧槌之方破。"我嫌敲壳琐碎，买了临安的山核桃仁来解馋。山核桃和香榧一样，也是孑遗树种，经过第四纪冰川，只有天目山区的树种得以保存。天目山区的临安，地势、气候和肥沃的石灰岩山地都极适合山核桃生长，出产的山核桃壳薄肉厚，味道香酥。临安人一般在白露时节开杆打核桃，许多山核桃长在梯田里或者陡峭的山坡上，打起来难度相当大。山核桃仁的制作工序复杂，要先脱壳去皮，泡水筛掉明显上浮的，然后再晾晒、筛选、蒸煮、敲裂、取仁、炒制和烘烤。我喜欢香脆清爽的水煮或椒盐味的，奶油味的总觉得有些腻。

买了长白山下野生红松的松子。北纬42度是野生红松林最茂密的地方，店家说他的松子是从那里的红松林里采来的，选择当季树尖上最大的红松塔，再从每颗产有150余粒松子的松塔中，挑选十余粒最大、最饱满的松子，经过脱皮、晾晒、烘干、翻炒、手工开口而成。我买过红松仁，然而总觉得没有带壳的香，只适合用来拌凉菜或者做点心。我在山上采过新鲜的野生松塔，颜色青绿可爱，回家摆在书架上当摆设。把新鲜松塔暴晒两三周，松塔的水分逐渐散失，颜色逐渐由绿转褐，松塔会打开，里面的松子变得极易剥取。

　　生于东阳的好友送我几袋西垣香榧。西垣香榧虽不如诸暨的有名，但也壳薄味美。她说小时候物质匮乏，但过年的年货里肯定少不了香榧、山核桃、花生和瓜子。想起有人说，过年过节糖果花生山核桃总要备下几碟，客人来了喝杯茶，桌上空落落的不好看。三四点钟时最好能捧出两碗赤豆莲心羹和桂圆红枣汤。抽屉里一个个红包放好，客人带了小孩来拜年，什么都拿不出就难为情了。她自称是老派人，这样的老派真让人欢喜。

桐

每年清明谷雨之间,复旦校园东门附近那两棵泡桐的紫花便缀满枝头。泡桐花开在高枝上,像朵朵淡紫的云一样高不可攀。我住的小区里原本有棵白花泡桐,从四楼的窗口正好可以看到树冠,花开时节非常悦目。可惜2012年台风"海葵"将它吹倒,压在树底的汽车上,人们只得将它锯掉。宋人陈翥在《桐谱》里说泡桐先花后叶,白花泡桐"白色,心赤内凝红",紫花泡桐"皆紫色,而作穗有类紫藤花也"。宋方士繇的"梅叶阴阴桃李尽,春光已到白桐花",说的是白花泡桐带来春意;而杨万里的"红千紫百何曾梦,压尾桐花也作尘",则用紫花泡桐道出春光已老的惆怅。泡桐木可制琴,《后汉书·蔡邕传》记载:"吴人有烧桐以爨者,邕闻火烈之声,知其良木,因请而裁为琴,果有美音,而其尾犹焦,故时人名曰'焦尾琴'焉。"友人学古琴,那张琴用的木材就是兰考泡桐。兰考泡桐木质松紧适中,透气、透音性能好,适宜用作古琴、古筝、琵琶、柳琴、大小阮、扬琴、马头琴的音板。

传说中引凤凰来栖的是梧桐。清代陈淏子的《花镜》写道："梧桐，又叫青桐。皮青如翠，叶缺如花，妍雅华净。四月开花嫩黄，小如枣花。五六月结子，蒂长三寸许，五棱合成，子缀其上，多者五、六，少者二、三，大如黄豆。"庭院里栽上一棵梧桐，闲看青枝绿叶，听梧桐树上的三更雨，"一叶叶，一声声，空阶滴到明"，有一种中国式清风明月的雅趣和清寂。梧桐木可制木匣或乐器，梧桐子可榨油，加细盐炒食极香。记得丰子恺画过一幅《深秋佳兴打桐子》的漫画，画的是打桐子的男孩和捡拾的女孩，丰先生的画里常有少年稚趣和淡淡的禅意。

泡桐花开时，法国梧桐刚长出浅绿的新叶。法国梧桐既非原产法国也非梧桐，而是来自英国的二球悬铃木，它的球状果大多两个串生在一起，远看的确像悬挂着的铃铛。上海开埠，法租界最早用它作行道树，故得名"法国梧桐"，如今那里法国梧桐掩映下的幽静街区，仍是许多人心目中的"老上海"所在。法国梧桐树冠舒展开阔，炎夏里慷慨地挥洒着浓浓绿荫，掌状的叶子表面覆有绒毛，能截留空气中悬浮的尘埃，是优良的行道树种。好友秋日里来探访我，他说走在南京西路上，大片法国梧桐叶偶然落在他的肩上，宛如故人轻拍，感觉亲切而奇妙。冬夜的法国梧桐只剩下洁净的枝柯，剪影般静静立在天幕下，片片枯叶被风卷着，划过路面的脆响让人生出一点凄迷之感。法国梧桐的美四季分明。

蒋勋写过台湾四月的桐花季，这桐花是油桐花。油桐果实可以榨油，桐木质轻可制木屐，日据时期台湾种植了许多油桐树。漫山遍野的桐花林，花开时山上雪白一片，花落宛如飞雪。我没有赏过油桐花，但我在名古屋一家名为"野田仙"的木屐店里买过一双桐木的木屐，还带走了店主收藏的一把旧伞，细竹骨架，正红绢面上涂了防水的桐油。伞撑起来面积不小，合起来却细瘦轻盈。店主说这把伞已是"孤品"，制伞的人早已去世，因为是纯手工制作，即便同一个人也做不出一模一样的两把伞。几年后，在北京的"若水堂"，我又买了一把竹骨桐油纸面的油纸伞，配着细长的伞袋背上肩，同行的人笑着说："呵，像许仙！"这也算是和油桐的一点缘分了。

芭蕉

闲来无事翻看《荣宝斋画谱》，看到徐渭的芭蕉。大写意，一丛笔墨横扫出来的芭蕉，画风淋漓狂放，左上角题曰："萧然长袖绿衫翁，听雨勾风事事中。"诗词里的芭蕉时常引风招雨。杜牧诗云："芭蕉为雨移，故向窗前种。怜渠点滴声，留得归乡梦。梦远莫归乡，觉来一翻动。"白居易写过"隔窗知夜雨，芭蕉先有声"。卧榻听雨无尽思量，芭蕉在笔下，而风雨在心底，正是"离人心上秋，纵芭蕉不雨也飕飕"。然而也有清新可喜的，"芭蕉叶大栀子肥"，韩愈写的是生机勃发的初夏，杨万里的"芭蕉分绿与窗纱"则是日常的闲适。绍兴的游人都知道百草园，去过徐渭故居"青藤书屋"的却不多。那园子里种了芭蕉、石榴和葡萄，都是徐渭心爱的花木。徐渭的《杂花图卷》画得极传神，共有牡丹、石榴、荷花、梧桐、菊花、南瓜、扁豆、紫薇、紫藤、芭蕉、梅、兰、竹十三种花果，其中芭蕉所占的篇幅极大，蕉叶以泼墨的方式画出，笔底如有风雨。八大山人与石涛都画过芭蕉。八大山人的芭蕉有的叶脉被齐齐撕碎，有的大片留白，正合他国破家亡后的惨痛和空寂。石涛的芭蕉图中，有一幅以淡墨勾出高瘦的芭蕉，拄杖书生背身而立，题曰"怀素学书种蕉代纸雨淋墨汁淋漓应是此种境界"，书卷气十足。

多年没有在闽南度夏，我几乎把芭蕉给忘了。小时候院子的角落里种的可不就是芭蕉？蕉叶尚未展开时像个碧绿的卷轴，看起来十分雅致。从芭蕉开出白色的花，孩子们便一天几回地看，等着它长成一排青绿的手指般的果实。闽南的夏天多台风，为了不被风雨摧折，往往芭蕉还没来得及转黄，便被大人们小心地割下，埋在米缸里等它熟透。南方有芭蕉容易招鬼之说。夏夜里，电视剧《聊斋》开播，母亲去院子里收衣服。我看一眼电视里白衣的鬼怪，再望一眼墙上蕉叶被风撩乱的影子，大叫一声："有鬼！"母亲怒斥一声："乱喊什么！"等母亲急步走回屋来，我惊讶地发现她的脸上闪过一丝惊惶的神色。

甜中带酸的芭蕉，味道不及香蕉浓郁甜美，却别有一番滋味。生长在山野的野芭蕉，果实多籽、味涩，食用味道不佳，茎秆里的芭蕉心却可以拿来凉拌或炒菜，是一道细腻清凉的好菜。要采得芭蕉心，必须把外面的叶子一层层剥掉，于是修行的人往往把自己比作芭蕉，把修行比作剥尽蕉叶明心见性的过程。王维的《袁安卧雪图》，留下了"雪里芭蕉"的典故，也在绘画史上引起了很大的争议。苦寒之地的雪中如何会有南方的芭蕉？然而画画并非一定要写景，雪中芭蕉也许是诗人悟出的禅机。沈括在《梦溪笔谈》中说，王维的雪中芭蕉是"造理入神，迥得天意"。徐渭画《芭蕉梅花图》时题跋："偶然蕉叶影窗纱漫想王维托雪加……"

  日本的俳句诗人松尾芭蕉,松尾是他的本姓,但后来人们一直称他为"芭蕉"。松尾曾用过许多俳号,如桃青、芭蕉、钓月轩、泊船堂、夭夭轩、华桃园、栩栩斋、风罗坊。其中"桃青"是用来向唐朝的诗仙李白致敬的,"桃青"对"李白",有一种诙谐的趣味。弟子送了一株芭蕉树给他,种在他隐居的庭园里,园子因此得名"芭蕉庵",后来松尾开始用"芭蕉"作为俳号。松尾芭蕉喜爱植物,"凉秋九月白荻放,一升露水一升花","长夏草木深"这样的俳句,和他的名字一样清寂。

木棉与中年

春节回南方，朋友发短信来询问泉州可有木棉。记忆中开元寺里应该有几棵，到了那里，果然一下就找到高大英挺的木棉，虽然深冬时节木棉树并无火红的花朵。上中学时，校园门口也有一棵木棉树。在我眼里那是几乎高到天上的树，高得让人无从觊觎它的花朵，只能等花落，捡几朵放在衣兜里带回家去。木棉一向倔强硬铮，即便坠落在地上也不见颓颜。木棉花烈性的美，让人无法忽略。"木棉花大得骇人，是一种耀眼的橘红色。开的时候连一片叶子的衬托都不要，像一碗红曲红，斟在粗陶碗里，火烈烈地，有一种不讲理的架势，却很美。"这是张晓风对木棉花的描摹。和邻居阿婆聊起木棉，她的反应却是："木棉啊，以前我侄女老是到工人文化宫那几棵树下去钩，硬是给她弄出了一对木棉枕头。"在诗人舒婷《致橡树》中以"分担寒潮、风雷、霹雳"，"共享雾霭、流岚、虹霓"的形象出现，让无数文艺青年默默背诵过的木棉树，在一个老太太的眼里，只是产出天然枕芯的物种。盛夏收到朋友寄来的文章，巧的是也写到木棉，这个时时被文人心绪牵引的人，为木棉花落尽后的满树白絮唏嘘了一番，可是回到家，见到妻子新买的用木棉花絮做的枕头，"不禁为巧合背后的天意感慨，才醒悟那景象更似激情火花熄灭后的灰烬，这灰烬，却是我等凡人枕之入眠、安身立命的家常凭依了"。

宋郑熊《番禺杂记》载："木棉树高二三丈，切类桐木，二三月花既谢，芯为绵。彼人织之为毯，洁白如雪，温暖无比。"华南地区不产棉花，木棉絮正是做棉衣或填充枕头上好的材料。唐代诗人李琮就有"衣裁木上棉"之句。白居易的"鶢鶋毳疏无实事，木棉花冷得虚名"虽然批评木棉徒有虚名，然而也说明它和鶢鶋一样，都是当时的珍稀品。张晓风说木棉花"像是从干裂的伤口里吐出来的火焰"，而木棉则是"晴空上折翼的云"。云朵终于下了凡，从艳丽夺目的红花到让人御寒或安寝的白絮，木棉洒脱地完成着生命的过渡，如同一个激进狂傲、尖锐不羁的少年，慢慢地蜕变成冲淡内敛、豁达踏实的中年人。中年是认清自己的天性、释然放下憧憬的岁月，从细微处享受生活，懂得了悲悯和珍惜。有人给自己的中年定下如下目标："我尽量不让自己成为一个被情绪左右的人，让别人与我相处不会因为我的情绪左右为难忐忑不安，我让自己成为一个守诺的人，一个很耐烦的人，一个懂得拒绝的人，一个不能以轻慢亵玩的态度接近的人，一个别人可以开玩笑也会自嘲的人，一个宽容的但会断然翻脸的人，一个细致的能够换位思考的人，一个不再自来熟和人来疯的人，一个可能无趣但很靠谱的人。一句话，我要成为我年轻的时候认为的那种非常没效果没意思的人。"

当木棉收起那种让人焦灼的美，季节已被默默更替。

第二辑

走马观花

菰蒲同里

初秋到苏州同里游玩。那天不是周末，走在古镇的石子路上，游客寥寥。路边摊子上这个季节有鸡头米卖。"南塘鸡头大塘藕"，鸡头米是苏州特产，每年于中秋节前后上市。清沈朝初《忆江南》云："苏州好，荇水种鸡头，莹润每疑珠十斛，柔香偏爱乳盈瓯，细剥小庭幽。"苏州民间食用鸡头米的方法很多，最简单的吃法就是鸡头米羹，把新鲜鸡头米放入开水锅中煮沸，以藕粉勾芡，出锅后加入少许糖桂花即可。鸡头米羹吃的是清鲜，必须用当季刚剥出来的鸡头米。干的鸡头米没有那么光润，外皮染着一层古铜色。那天我们在沿河的农家菜馆点了一道鸡头米蒸肉，珠圆玉润的鸡头米味道粉糯。鸡头菜这种水生植物上下长刺，鸡头米的果皮外也包裹着尖锐的芒刺。有农家妇人坐在屋外剥鸡头米，手握老虎钳，看起来着实费力。

在水乡，船总要坐坐的。和北京来的一对恋人拼船，江南人看惯的小桥流水，在北方人眼里自然是新鲜的景致。桥畔买的折扇，在船上赶赶水面的蚊子和飞虫正好。起先纳闷船的顶棚为何造得如此低仄，等到小船穿过低矮的桥洞才明白过来。这里不是西湖，不必扯篷挂帆，就像威尼斯的刚朵拉，小巧灵活至关重要。河边有几棵石榴树，红石榴和白石榴都有。这个时节，钟形复瓣的红白花朵像一卷丝绸帕子，半掖在谁的手心里，仿佛藏也藏不住的心事。木船一路掠过河边的香樟树、合欢花和人家檐角探出的凌霄。坐在船里往岸上望，晴空被合欢树的羽状叶片分隔成一片一片。我对香樟很有感情，因为复旦校园里到处都可看到香樟。据说原先学校里种了很多法国梧桐，法国梧桐绿荫如盖，是很好的行道树，缺点是容易生虫。慈悲的老校长担心虫子无端惊扰学子苦读，于是又种了不易长虫的香樟。日本画家葛原辉画过许多植物题材的版画，笔触细腻温柔，其中便有香樟，优美细长的叶子，碎米一般的小白花，更妙的是一树绿叶中总会夹杂着几片由绿转红的老叶，这个细节也被他捕捉到了。

　　"退思园"的名字起得颇有深意，想来"退思补过"比进取要艰难得多。素净的园子，要仔细看，才能明白亭台楼榭含蓄的审美和用心。与"退思草堂"相连的回廊里，墙上的漏花窗上刻着"清风明月不须一钱买"。这样的话必须由底气十足的人说来才显清贵，不含酸气。据说将诗句刻于漏花窗上，在苏州园林中仅此一例。玉兰和朴树长得很高，紫藤架扎在小桥上。"菰雨生凉"是一处临水小轩，我在心中默念着这四个字，这是何等意境。雨打菰蒲，凉风习习。姜夔曾写过"翠叶吹凉，玉容销酒，更洒菰蒲雨"。退思园里的"菰雨生凉"据说取自彭玉麟题西湖三潭印月联句"凉风生菰叶，细雨落平波"之意。此轩背临荷池，从前遍植荷花、菰、蒲和芦苇，轩中能听到流水声，是绝好的消夏之处。"菰"和"蒲"都是水生植物，"菰"是茭白，和鸡头米同列"水八仙"。汪曾祺有一本名为《菰蒲深处》的小说，他在自序中写道："我的小说常以水为背景，是非常自然的事。记忆中的人和事多带有点浟浟的水气。人的性格亦多平静如水，流动如水，明澈如水。因此我截取了秦少游诗句中的四个字'菰蒲深处'作为这本小说集的书名。"《菰蒲深处》果然是清净淡远，烟波尽头有人家的作品。

甪直游

甪直是水乡。临行前查了当地植物的资料，果然发现许多水生植物：水稻田里的节节草，湖泊、池塘和溪沟里的芦苇，池塘里的浮萍、紫萍、野菱和水葫芦，还有种植基地里的慈姑、鸡头米、莲、荸荠、茭白、水芹……八角红菱是甪直的特产，清明播种，立秋收嫩菱，处暑、霜降收老菱。菱肉汁水饱满，味甜宜生食。《红楼梦》第三十七回里，袭人派人给湘云送了两个小掐丝盒子，其中一个装的就是红菱和鸡头两样鲜果。水乡多河多船，河道里留存至今的船缆石，除了蝙蝠、奔鹿、立鹤、如意，桃子、灵芝、石榴、蕉叶和橘子形状的也不少。

叶圣陶是甪直人。进了万盛米行，走廊的墙壁上贴着著名的《多收了三五斗》，小朋友听见我们纷纷背出"万盛米行的河埠头"，惊奇地问为什么大家都熟悉。大人们抢着回答："那是从前语文课本里的课文呢！"城市里的孩子可能没见过农具馆里的石磨、筛子、木质的风箱、脱粒机和水车，但连叶圣陶也那么陌生吗？不知如今小朋友们的语文课本里都选了些什么文章。

恰逢雨天,层层叠叠的白墙黑瓦被洗得分外有质感,岁月的侵蚀让墙壁白中带灰,定睛细看就能看出白的简约与丰富,黑色的瓦片则是极有轮廓感的钩边。王韬故居的后花园里栽着垂丝海棠、茶花、含笑和南天竹。海棠沾上一点雨水,水红的花瓣仿佛洇得出色彩来。门是带门闩的老式木门,花园亭子上有"涤砚"二字,一看便是诗书人家。石子路的旁边一圈绿茸茸的青苔。苔这种东西虽然细小,却有着隐逸的仙气。说到观苔,总让我想起日本京都西郊的西芳寺。寺里养了一百多种绿苔,苔色润泽青翠,把园子里阴翳的树木映出一片绿意。走在小石径上,看到林地上覆满青苔,水池镶着苔绿的边,有不知身在何处的恍惚感。西芳寺必须提前一周以明信片预约,持书面回执方能入内,参观前还得抄上一篇《心经》。

始建于南朝的保圣寺,门前的巷子窄小,寺内却出奇的大。春初细弱的紫藤,看了牌子才知道是百年老树。保圣寺里有几棵老银杏,树龄都超过千年。"秋风阵阵地吹,折扇形的黄叶落得满地都是",这是叶圣陶《三棵银杏树》里的句子。初春时节虽然欣赏不到叶先生笔下黄叶飞舞的景致,但老树的气宇轩昂还是让我发了一阵呆。寺里碑廊的碑刻中,内容大多是清代当地官府的司法和行政公告,可以当作古镇的法治和社会文化史来读。银杏树旁有叶圣陶墓,还有唐人陆龟蒙的墓。撰写了《耒耜经》,对农学一往情深的陆龟蒙后来隐居在故乡甪直,但正如鲁迅所说的,他"并没有忘记天下,正是一塌糊涂的泥塘里的光彩和锋芒"。保圣寺宽敞的院落突然让我有点想家，想念泉州西街和保圣寺一样空旷沉静古木参天的开元寺。开元寺里没有银杏，有的只是一派南国风光：三角梅茂盛得可以当篱笆或修剪成花亭。小叶榕的气根落在石缝里继续生长。笔挺高大的木棉树开出大红花朵，东塔旁的刺桐花橙红一片。植物一向是我编织记忆的重要维度。我在保圣寺空荡荡的院子里独自站了很久。一个人觉得自身的渺小，一是病痛之时，一是在阔大的空间和久远时间的冲击之下。

古镇的好，是角角落落随便扫一点东西出来都能让人想半天的。

拈花湾

去无锡灵山小镇的拈花湾看花海。

微雨之中，整个缓坡上的硫华菊都在盛放。今年的秋天悠长又和暖，喜欢光照的硫华菊开得十分精神。看得出，设计者花了不少的心思。倘若一平到底，花海便成了规整的花田，失却野性和趣味。大片金黄的硫华菊中夹杂着几棵紫红色的波斯菊，颜色既不单调又不芜杂。最妙的是中间点睛的一汪水，不动声色地把天空和花的影子映在波心。走到缓坡的另一头，发现低处有棵树，广阔的视野顿时有了焦点，仿佛一个故事有了开端。就像电影《法国中尉的女人》里防波堤上神秘的黑衣女子，她一现身，戏里戏外的人生就此掀起波澜。眼前这烂漫的花海，真像宫崎骏动画里的背景，我几乎疑心下一秒，就会有个俏皮女孩赤足飞奔而来，紧随其后的是她的小伙伴，还是一只略有点怪癖的野猫？

拈花湾的园子里到处都有浅沼水塘。初秋，水竹芋纤巧的灰蓝色花朵镶着一圈紫边，这种原产于美国和墨西哥的水生植物，近年在江浙一带的园林里渐渐多了起来。睡莲的花期已过，深绿的圆叶子浮在水面，映衬着远处一艘无人的乌篷船。芦花在风里起伏。素白清雅的芦花与秋日萧瑟的情味十分相符。我在故宫博物院看过元代画家吴镇的《芦花寒雁图》。画里的水域大片留白，苇丛中一艘渔船斜横于水面，船头的渔夫举头望天，两只飞雁盘旋而起。画面空灵寒寂水汽淋漓。图上有作者的自题诗，末一句是"芦花两岸一朝霜"。吴镇是个隐遁者，终生不入仕途，喜与僧道为友，这样的人画秋草、寒雁和渔樵自然深得其中之味。佛家本就有"白马入芦花，银碗里盛雪"之说，喻示的是"色即是空"。

景区里的屋舍几乎清一色是仿唐风格的建筑。木质结构、细竹篱笆，有的屋顶上覆着厚实的茅草。可惜屋内大多空空如也，庭院里的树也细弱。拉门看着过于敞亮，细看之下原来木格子里镶着玻璃，而不是贴着透光又结实的棉筋纸。细节总是容易露出破绽。上一次我站在这样的房舍前，也是秋冬季节，院子里的柿子树上结着耀目的红柿。采柿子的老人对我说，摘一点尝尝，再留几枚给鸟儿，其余的就让它们挂在树上装饰一下，言语中不无得意。我记得那所院落，皆因宝蓝天幕下的庭中树和人的笑语。没有人和岁月的痕迹，再精美的建筑都只是空壳，如同一座顶着十字架的教堂，走进去却无烛火、壁画、圣像和神谕。

步行街的商店里卖些糕点、茶具，做工不堪细究、不知道可以穿到哪里去的中装。也许是下雨的缘故，餐馆里客人并不多。点了"无锡三白"里的银鱼和白鱼，银鱼炒蛋，白鱼清蒸，一碗笋干烧肉吃剩的汤汁，正好可以加在红汤面里。一面慢慢地挑出白鱼里的小刺，一面看看窗外河道里的芦花，心里感慨唯有江南人才有这么好的耐心和闲情，为着一点鲜味将时光慢慢消遣。突然想起多年前绍兴咸亨酒店里邻桌的一位女客，一大碗黄酒就着一小碟茴香豆，足足喝了一个钟头。一个偶遇的有趣之人，往往比风景更迷人。

长春花漪

看到美得失去真实感的风景,常常会在惊叹之余,微微地打一个寒战。春日里在无锡太湖边的横云山庄看花就是这样的感受。这里的水岸,东面是悬崖峭壁下的临水小径,嶙峋的山石隐约可见;西面是长春桥,堤岸上遍植大山樱。灿若云霞的樱花把树枝都压低了,一阵风过,花瓣雨点般落下。沿岸的水面上早就笼上了一层烟粉色。"飞花逐水流"不再是诗词里的句子,而是现实图景。恋花的蝴蝶从树梢一直追到水面,沾了春水的蝶翅在落花上轻扑。我坐在"长春花漪"的匾额下呆了过去。所谓"花漪",不知是指樱花倒映在湖面上,风过处水光花影涟漪轻泛,还是落花飞到湖面上,径自化作了涟漪?

在园里看牡丹。牡丹的花团锦簇,在国画里不上相,其实看实物时极为可观。牡丹盛大、繁复的美,世人描摹不出,差了神气,只能说牡丹俗。有个笃信藏传佛教的朋友,看到灼灼开放的牡丹,赞叹牡丹的神韵极像唐卡上欢喜吉祥的莲花。"早知不入时人眼,多买胭脂画牡丹",自命清高可以理解,但拿牡丹说事毕竟有欠公允。牡丹本不俗,俗的是人心。我看到最美的牡丹,是在名古屋的德川园。姹紫嫣红的牡丹开在回廊的两侧,花树比人还高,没有栏杆和藩篱,就这样与游人面面相觑。有人架起三脚架拍花,但却无人与花合影。牡丹花的雍容,让人感到自身的局促寒碜,唯有仰头望一望。

草地上有人在放风筝。一只滚着红边的白纸鸢,在风里扶摇直上,仿佛有了生命一般。放风筝其实不是件轻巧的事,风筝要骨骼轻盈,天气要春和景明,风力要不大不小。被一根长线遥遥牵扯着的风筝真像人生,无论飞得多高,终归是有限的,即使挣断绳索也注定要坠落,无法以天空为家。《红楼梦》里第七十回写到众人放风筝,贾宝玉林黛玉放的是美人风筝,薛宝钗放的是七个大雁的风筝,薛宝琴放了大红蝙蝠风筝,而探春的风筝是"软翅子大凤凰",有人说这喻示着她日后远嫁海域番王的命运。曹雪芹本人正是制作风筝和放风筝的高手,还专门写了一本研究风筝的书,名为《南鹞北鸢考工志》。

傍晚的天光是园林一天中光线最柔和,景致最旖旎的时候。水潭、石碑、匾额、山石、回廊和尚未亮起的灯笼,轮廓开始由清晰转为苍茫,有了迟暮之感,但还不至于凄伤。就像和一个认识多年的朋友对坐,在言语的间歇彼此体会默契的快意和些微惆怅。鸟鸣让空荡荡的山林显得有些不真实。游人渐渐离开,园子终于重获宁静,这宁静有几分寂然,然而又不乏生气。风吹在春衫上并不觉得寒凉,粉墙上的花影索索有声。陈从周谈到园林时这样写道:"中国园林,予谓有静观与动观,大园以动观为主,小园以静观为主,并相辅而行事,要之景随人意，动静适时，且与园之大小有关。"小园春静，游园恍惚间竟有在自家园子里漫步的错觉。

  明知春光美得伤情，仍是年年沉醉。

云游记

早在去云南之前，就被友人殷殷嘱咐，要适应那里的慢生活。

果然，傍晚六七点，太阳仍迟迟不肯下山。在昆明一间叫"熙楼"的饭店包间里坐着，朋友自带的普洱茶已经喝过几泡，还没有人过来点菜。想叫几串烤肉来佐茶，服务员笑眯眯地说："这个没有那么快，厨房还没有生火呢。"姗姗来迟的烤肉，开始觉得香辣，半晌辣劲上来，一颗心忽忽乱跳起来，这样的感觉倒是久违了。朋友说起吃"见手青"中毒的事："眼前的路变成两条，一棵树，你一看它，'唰'地就移到眼前来了。""见手青"是云南特有的野生菌，属牛肝菌类，每年雨季过后大量上市。此类菌子一经人手触碰，菌肉就变成青紫色，因此被称之为"见手青"。"见手青"嫩滑清香异常美味，但若处理不当，食后会中毒，据说症状是头昏嗜睡，严重时有幻觉，许多"过来人"都有看见小人在眼前跳舞的经历。这些症状主要是"见手青"的毒素伤及神经引起的。朋友说隔天到医院就医时医生也束手无策，后来是靠打坐慢慢缓过来的。明明十分凶险，众人却听得笑不可抑。

翠湖边的香樟花开了，那清新的香气在静夜里仿佛水流一般，月色也让人觉得是有湿度的。碎米一般的香樟花竟有令人微醉的效果。红叶李和樱桃树结着累累的果子。人家的庭院种了芭蕉、旱金莲、葫芦和毛地黄。这个时节，腾冲湿地公园的河滩上开满了蓝色的鸢尾，云峰山的石崖上也见到几簇。和顺图书馆的院子里树干上紫色的蝶形花朵，第一眼以为是蝴蝶兰，看到肥嫩的枝条才恍然大悟，原来那是石斛。腾冲的云峰山，从登山缆车的窗口望出去，山谷里的树上和山崖上，偶尔也能见到石斛清丽的紫花。后来查了资料，野生石斛生于海拔1600米的山地半阴湿的岩石上，喜温暖湿润气候和半阴半阳的环境，不耐寒。因生长周期缓慢，极难存活。

春夏之交的云南，天气诡异多变。爬火山公园里的大空山时，天蓝得耀目，还未走到黑鱼河，斗大的雨点砸下来，以为天会就此黑下来，片刻太阳又若无其事挂回天上。清晨的和顺古镇，从客栈走到艾思奇故居的路上遇到一场豪雨。途经龙潭，只见细密的雨线将天幕和潭水缝合起来。潭水中央的亭子里有个穿道袍的背影。鞋子早就湿了，却也没祈盼雨停。龙潭边有位老妇人在卖松花糕。她一面给我们指路，一面喃喃地说："这么大的雨！"半个小时之后，雨水收得干干净净，野鸭湖对面的青峰上山岚氤氲。买了几个松花糕吃，方方正正的松花糕，鲜黄的松花粉和红褐色的豆沙一层夹一层，底层是制糕粉。这里的松花糕是一板板做出来的，用刀划成小方块，整整齐齐地码在一个大木盒里。为了保证松花糕的新鲜，据说摊主每天现做现卖，清早做一大盒，卖完便回家。松花糕入口有温润的清甜味。松花是松科植物马尾松、油松、红松等松属植物的花粉，可做汤、制馅、蒸饼、酿酒等。唐《新修本草》中记载："松花即松黄，拂取正似蒲黄，久服令轻身，疗病胜似皮、叶及脂也。"白居易诗云："腹空先进松花酒，膝冷重装桂布裘。若问乐天忧病否，乐天知命了无忧。"苏东坡也开过松花、蒲黄、槐花、杏花和白蜜共捣的养颜方子。

缓慢又跌宕的云南。

路上之美

从哈尔滨到呼伦贝尔、满洲里,再到额尔古纳和室韦,这是一条我向往已久的自驾游路线。

呼伦湖并没有想象中的浩瀚,到满洲里的公路却有意想不到的风景。青天和白得耀眼的云,无遮无挡地横在面前。镶着银边的云朵莫非是神仙的座驾?那一日诸神必定心情大好。地上的人们一心只想追逐白云和它地上的影子。云下的原野,随手拍出的照片张张都像微软早期的屏保画面。草地深处的几幢房子,钴蓝色的屋顶和明黄的墙,让人想起立邦漆广告,一群不同肤色的孩子,用手里缤纷的油漆痛快淋漓地刷墙。黛瓦白墙只适合雨巷江南,空旷的草场必须这样明丽的色彩才镇得住。这些屋舍是真正的草原人家。公路边的蒙古包只是招揽游客用的。牧民心疼牧草,连营地都要定期更换,如何舍得让草原布满车辙和脚印?勤快的牧人们已经开始准备牛羊冬天的口粮,他们把割下来的草拢成了庞大的圆形草垛,一直堆到远处的天际线上。

到达额尔古纳河正是黄昏。蜿蜒的河道如镜,映出蓝天白云的倒影。夕阳西下，强烈的阳光开始收敛，河里的云影渐渐转暗。站在一旁的山丘上远眺，风声猎猎，忽然看见对岸的天空乌云翻涌，山头上一道白亮的闪电破空而出。空阔之地，自然的威力分外让人震撼。秋冬时节，河岸边衰草连天，河道里的水却蓝得发亮，仿佛华发早生的人却有一双多情的蓝色眼眸。

额尔古纳县道两旁的田地如织毯一般奢华地铺展开。麦子黄了。"麦子是土地上最优美、最典雅、最令人动情的庄稼。麦田整整齐齐摆在辽阔的大地上，仿佛一块块耀眼的黄金。麦田是五月最宝贵的财富，大地积蓄的精华。风吹麦田，麦田摇荡，麦浪把幸福送到外面的村庄。"这是作家苇岸动情的书写。无边的麦田让我想到梵高的油画。梵高一定极爱麦田，因此不断地画。突如其来的一场雨，草地和麦田顿时染上一层油润的色泽，和晴天的景色大异其趣。路边偶尔会见到蜂箱和养蜂人的简易房，追逐着野花迁徙的职业看似浪漫，其实寂寥清苦。

额尔古纳到室韦，一路上都是闪着银光的白桦树。我恍惚觉得自己是在列维坦的油画里穿行。一眼望不到头的白桦，偶尔也有几棵松树。白桦树俏丽，松树沉稳，成排护住幽深的树林。和到了深秋就转红的妖娆树种不同，白桦树是清丽的，吹拂着飒飒金风，几乎让人悲起秋来。偶尔有背着竹篓的当地人步入林子深处。后来聊天时问起，才知道他们是去采摘野生蓝莓的。也遇到过采菌子的人，他们说真正的草地大白蘑，必须到偏远的地方才能采到。

呼伦湖附近的葵花田边，有位庄稼人在兜售自家炒的葵花籽，他笑眯眯地让我们从一朵大葵花里掰几颗生的葵花籽尝鲜。内蒙古人和俄罗斯人一样，把面包叫"列巴"。这名称总让我想起萧红，黑列巴加白盐是她和萧军度蜜月时的主食，有时甚至是挂在别人门口诱惑她的美味。在室韦的一家店里买列巴和手制酸奶，店主慷慨地在酸奶上淋上厚厚一层野生蓝莓酱。草原上的羊肉完全没有膻味，羊蝎子加点酱油炖烂，就是绝好的下酒菜。黄昏后出现的烧烤排档是晚饭的好去处，羊肉串、烤玉米和土豆，连吃几天都不厌。印象最深的是根河湿地附近烧烤店的茄子，不是切片串烤，而是剖成两半，密密地撒上了辣椒面、蒜末和香菜，细致得让我吃惊。

路上的美，不在于奇绝的景色，天光云影和四时花草就很好。你永远无法估算到自己会碰到什么，陌生感带来的宁静和敏锐让人耳目一新。天地之美难以言说，走过才知并非虚构。

倒春寒与京野菜

2010年关西的春天来得特别犹豫。从三月中旬开始，总是晴暖一两天，然后便是寒流裹挟着雨水而来，反反复复。到了四月，爱知大学里按惯例停了暖气，师生们冻得瑟瑟发抖。气温不回升，春天便只是一句空话。气象预报一再说"仿佛回到了冬天"。根据电视新闻的报道，这个时节的低温警报，已经有十四年没有出现过了。偏低的气温对人们来说，可能只是单薄的春衫抵挡不住料峭的春寒，对农作物却是莫大的伤害。电视节目主持人，忧心忡忡地指着田里的菜说，本该是收成的季节，卷心菜却摊着一大堆叶子，根本不把"心"卷起来。春日的节庆，从前都是在和风丽日里进行的，今年却笼罩在细雪中。被问及如何御寒，工作人员们只得笑着指指身边的酒瓶。

幸亏樱花还是按时开着。日本是个狭长的国家，南北温度不同，樱花开放的日期也就不同。樱花由南向北开，日本人称之为"樱花前线"。冲绳的樱花开遍之后，烟霞一路北上，预示春天的美丽"战火"点燃北海道时，便是春日极盛之时。樱花没被倒春寒吓退。超市里，这个季节的蔬菜细嫩如婴。新土豆只有半个乒乓球大小，煮熟拌点盐、胡椒和橄榄油，就是一道清新宜人的春日菜肴。雪白的新洋葱细嫩如婴，剥掉一层皮，可以直接放在嘴里咬。多汁甘甜的洋葱，并无印象中辛辣的味道。有些卖场把带着油绿葱叶的新洋葱一束束放在透明盒子里出售，让人爱不释手。刚上市的嫩姜，末梢的芽一抹艳红，叶子竹叶般颀长。

浅渍的蔬菜日语叫"新香"，因几日即成，菜蔬依旧保持美丽的色泽和脆嫩的口感。以前我在京都的时候，时常会买"千枚渍"，就是切成薄片的芜菁与海带、柚子同渍，滋味十分清口。日语里称蔬菜为"野菜"。日本最有名的蔬菜，莫过于京都的"京野菜"、石川县加贺的"加贺野菜"和静冈县箱根的"箱根野菜"。京都的小杂货铺里常有蔬菜，食品店里则堆满时令"渍物"——渍黄瓜、渍萝卜、渍茄子……京都的蔬菜常以寺庙、神社、地域名称命名。贺茂茄子浑圆厚实，果皮暗紫果肉淡绿，名字源于北区的上贺茂神社；圣护院芜菁巨大甘甜，据说最重可达五公斤，名字源于左京区古老的寺院圣护院；万愿寺辣椒大而长，虽然是辣椒，味道却甘甜，可生食，万愿寺是京都府鹤舞市的地名；葱香浓郁的九条大葱，名字源于市南区的地名"九条"。九条大葱量少价贵，有些餐馆特地在菜谱中标注该店使用九条葱。我去过的拉面店里，有一家葱花可自取，盛放葱花的大碗旁边贴了一张告示，提醒食客九条大葱矜贵，适当取用勿浪费。京都人真是自傲又精细。

日本的友人送我一套小瓷碟，名称就叫"京野菜"，一共五枚，分别是深绿的九条大葱、水红的蘘荷、白里透红的舞鹤萝卜、青蓝色的慈姑和鹅黄的芋艿。苏南"水八仙"之一的慈姑，我在国内常见，我以为慈姑都是白的，第一次在京都见到青蓝色的十分意外。青蓝色的慈姑口感比白慈姑略粉。慈姑欧美也有，但一般只供观赏而非食用。慈姑有一截嫩芽，日本人认为它是一种吉祥的食物，预示着出人头地，时常用在新年的菜肴里。京都有一种芋艿名为"海老芋"，也叫"京芋"。"海老"在日语里指的是虾，"海老芋"因形状弯曲，果实上有一节节横纹与虾相似而得名。"海老芋"粉糯甘甜久煮不烂，一向是京都高级料理的食材。

　　深入一时一地的生活，花木果蔬一向是我最喜欢的切入点。

岛国之夏

在日本,春天也许是以樱花为准信,夏日的到来却需要更多的佐证。

风铃最早捕捉到风的响动,玻璃的、陶土的、金属的风铃在窗前舞动的时候,夏天的感觉就出来了。走过一条老街,瞥见一个风铃下方悬着的小纸片上写着汉字,停下来细看却是"德有邻",风铃这种夏日风物竟然如此典雅。

初夏我常去植物园的水池边看鸢尾。日本人称鸢尾花为"花菖蒲"或"杜若",也叫"燕子花",和中国人所说的天南星科的菖蒲不是一种植物。说起燕子花,总会想起琳派画家尾形光琳的《燕子花图屏风》。屏风金色的背景上,一蓬蓬蓝紫色的鸢尾花开得正好,枝叶是深浅各异的青绿色,花朵用的则是群青色,并无中间色彩的过渡。叶子和花都不勾勒轮廓,细看每朵花都是写实的,整幅画却又是抽象的风格,色彩既清澄又明丽。见过实物的友人说它溢彩流光,更让她感慨的是,展馆的水池里种的就是蓝紫色的鸢尾,这便是日本人在细微处的讲究。

茗荷是日本夏日常见的蔬菜，东京的"茗荷谷"正是因为在江户时代遍植茗荷而得名。茗荷香气独特且艳红可喜，日本人常用来凉拌、炸天妇罗、腌渍酱菜，或者切细与米饭一起蒸熟，香气十分独特。我在日本首次见到这种紫红色的蔬菜，觉得十分新奇。后来查资料，原来茗荷在中国称"蘘荷"或"阳荷"，南方尤其是两湖、江淮、四川、云贵、两广等地多有种植。茗荷吃的是植物的花穗部分。四川人常用阳荷做泡菜。大别山的青椒炒阳荷是当地的特色美食。在苏南一带，阳荷炒毛豆是典型的夏日家常菜肴。日本有吃了茗荷容易忘事的说法。传说释迦弟子周利槃特善忘事，最后连自己的名字也忘了，周利槃特去世后，墓边长出一种植物，人们因他背负着忘记自己姓名的苦痛，取了"茗""荷"二字为这种植物命名。事实上茗荷损智之说并无科学依据。

西瓜是夏天不可缺少的水果。日本人有在西瓜上撒盐的习惯，据说咸味能激发出西瓜的甘甜。日本的水果售价都不便宜，超市里的西瓜，一个的售价相当于一两百元人民币，常常切开了一片一片卖。但昂贵的西瓜却是人们夏季在海边常玩的游戏之一——打西瓜的关键道具。一群人将一个西瓜摆在沙滩上，让一个人蒙上双眼手持木棍，根据周围人的提示，找到西瓜并把它敲碎。多年前我在京都琵琶湖畔敲碎的西瓜，至今仍记得它瞬间迸发的果香。

夏夜最宜纳凉。我在京都的时候，时常坐在鸭川的河床边看比睿山。鸭川很浅，水草茂盛，水流和虫鸣声清晰可闻，空气中有淡淡的草木香气，运气好时能看到一点萤火。七月祇园祭，京都的游人极多，众人到八坂神社看灯，年轻女子大多穿着绘有花草图案的和式衣服，式样看着像和服，其实只是单层的夏衣，腰带和背后打的结也没有和服那么繁文缛节。烟花表演自然是盛夏的经典节目，通常在水边进行。人们在船上或者岸边看，天上一场，水面的倒影又是一场，善于体味无常和幻灭的日本人对烟花百看不厌。捞金鱼也是日本夏日集市里特有的游戏：摊主提供用糯米纸做成的网，在糯米纸遇水溶化之前捞出的金鱼归顾客所有。

　　人家的阳台上，这个时节开出了蓝紫、玫红的牵牛花。独栋的楼房墙面垂下大片蔷薇。夏日里如果进山，路上常常可以看见鸭跖草。鸭跖草的小花是碧蓝的，配着滴翠纤长的叶子，显得异常秀美。花瓣的汁液据说可以用作绘画的颜料。作家德富芦花的《碧色的花》里写到了鸭跖草："这不是花，这是表现于色彩上的露之精魂。那质脆、命短、色美的面影，正是人世间所能见到的一刹那上天的消息。"鸭跖草只开在上午，又名"露草"。

飞弹高山

古意盎然的高山市位于日本岐阜县的飞弹地区。

市里的老街上，江户时代的住宅保存完好。大大小小的木器店，木勺、木雕工艺品和手工的木制家具，每一件都拙朴有味。高山出产一种紫杉木雕，完全不涂色，意在展现天然木纹之美。正午时分，铁线莲和人家竹帘前的蓝色牵牛花开得灼灼耀眼。松树的影子映在白沙地上。高天流云，"七月看巧云"所言不虚。宫川河是绕城河，桥下一丛丛野生的宝蓝色绣球开得锦缎一般，河里的锦鲤只要听到人声就簇拥到水面上。高山气候寒冷，冷地出好酒，老街上有传统的酿酒工坊，还有不少卖味噌的店铺。三年熟成的味噌酱香浓郁，闪着琥珀色的微光。"朴叶味噌"是高山的特色菜，把野菜、蔬菜、牛肉和味噌混合在一起，盛在朴叶上用炭火烤制而成。朴是木兰科的厚朴，不是榆科的朴树。厚朴的叶子阔大芳香又有除菌作用，风干后厚实耐火，高山人常用它来包寿司、烤味噌。

高山的早市很有名，花果蔬菜琳琅满目，一年四季热闹非凡。江户时代这里就有米市、桑市和花草市，到了明治时代中期，农妇们又将蔬菜拿到市场来售卖。和当地人一起逛早市，让我几乎忘了自己的游客身份。刚采摘下来的黄瓜、番茄、蓝莓和即将下市的樱桃，摊主说不用洗可以直接吃。用旧报纸捆扎的桔梗、菊花和月季，便宜得让人惊讶。酱萝卜和生姜一路尝一路纠结，到底咸、酸、辣哪一味哪一家更可口？要是端上一碗白粥从早市的这头走到那头，该是多么色味纷呈的早饭。这里的商店都是十点开门的，早市的殷勤热烈就显得格外动人。

坐长途车到白川乡，正好遇上下雨天。一畦畦水稻田闪着绿光。白川乡常住人口只有三千多，村子里连中学都没有。这里最有名的就是木质结构的建筑，屋顶呈"人"字形，如同双手合十一般，屋顶上铺着厚厚的茅草。这种木质建筑完全不用钉子却牢固无比，只是每隔三四十年必须更换屋顶的茅草，工程之大往往需要四邻出手帮忙才能完工。我去的时候是夏天，茅草上有一圈苍绿的苔痕。在车站的海报上，看到冬季屋顶上皑皑的白雪，入夜的灯火在雪地上涂抹了一层淡淡橘色的光，梦境一般的静谧和恍惚。导游说，生活于热带的游人冬天来到这儿，一下车看到这般雪景，惊喜得落下泪来。如果贪心起来，一个地方果然夏有夏的好，冬有冬的好。

下午四点，几乎所有的店铺都打了烊。明明太阳还悬在天上，整条小街却只能听到我自己的脚步声。拉开几家饭馆的门都无功而返，攥着一张好心人画的地图在街上找面馆，进门发现整个店堂除了我再无一人。把店员喊出来点了一碗荞麦蔬菜面，等她一转身回到后厨，店里又寂静下来。我几乎疑心这是一个虚幻的场景。找到一家露天温泉，奔走了一天略微有些肿胀的脚跨进温水，慢慢把身体没下去，所有的念头瞬间消失，呆呆看着竹篱笆外，夕阳在杉树上投下金色的光影，偶尔几声鸟鸣，叫得人心里越发空空荡荡。此时实在不必与人搭话，听听微弱的水流声就好。

近在咫尺

有人过着我想要的生活。

一脚踏进真树子位于长野白马的山中小屋,我的心里立刻浮起这样的念头。两层的尖顶木屋里,起居室宽阔敞亮,木格窗户是落地的。吊灯的灯罩是粗犷的锡焊彩色玻璃。一个人居住,没必要一本正经地弄个书房,于是书架就设在客厅里,半墙木质书架,高度到窗框以下,随手就能取阅,没有汗牛充栋的压迫感。书架上除了一排植物图鉴,还摆着几个她用过的老相机,不为装饰,只是往日生活的碎片,如同一件旧时衣衫或用旧的一口锅。墙上的相框里,挂的几乎全是她拍的花草。

真树子的院子里开着一蓬蓬蓝色的野绣球。八月盛夏,别处的绣球花都谢了,白马的却正当季节,不禁让人生出"长恨春归无觅处,不知转入此中来"的慨叹。真树子说,白马的海拔高气温低,绣球的花期比平地的长。大片绣球无人采摘,便在枝头慢慢自然风干。回来后查资料,发现我在白马看到的蓝色绣球有个美丽的名字叫"日光蓝",这个"日光"是地名而非太阳光,是日本的原生品种。

真树子带我去湿地看野花。她教我认识水芭蕉。水芭蕉属天南星科植物而非芭蕉科，叶子中央白色的佛焰苞很容易让人误以为是花朵，其实只是叶子的变形，佛焰苞中央圆柱上聚集的才是真花。水芭蕉是夏季里常见的水生植物。日语歌《夏日的终结》里第一句就是"水芭蕉摇曳的田埂上并肩织梦"。光照好的地方，清丽的野蔷薇疏疏落落地开着。同为蔷薇科的植物，"玫瑰"听上去端庄富丽，"蔷薇"则轻俏活泼。不由得想起《红楼梦》里，宝玉在雨中看女子用金簪子划地是在蔷薇架下，蔷薇一样俏丽率性的少女，让宝玉自此念念不忘。"因风飞过蔷薇"是吟咏春天的词句，白马海拔高，八月正是暮春天气，野蔷薇的香气在风里飘。

白马有一面倾斜的山坡，遍植卷丹百合，从缆车上往下俯瞰橙红一片。卷丹百合的花瓣往外翻卷成一个优美的弧度，花瓣上洒着些许紫黑色斑点。平日里看惯了纯白喇叭形的铁炮百合，第一眼看见卷丹百合，仿佛一只花纹华丽的老虎悄然进入视野，让人有些愕然。四面环山的传统村落坐落在半山腰上，每一畦水田都像一面巨大的镜子。真树子说，初冬雪山倒映在水田里十分好看，可惜我去的时候水田里已经长出了水稻。

出去爬山时，我们带的饭团里包着梅子和蛤蜊干。按照黑柳彻子的《窗边的小豆豆》里巴学园的标准，山的味道和海的味道都有了。在雨后氤氲的山崖边吃清淡的饭团，仿佛每一口都是山岚雨雾的味道。晚上在院子里烤肉时，真树子邻村的朋友带着一包自种的蓝莓上门来了。他们是在当地的一次摄影比赛上认识的，老先生擅长拍摄飞蛾。镜头下飞蛾翅膀上的花纹，像他的心一样温柔细致。每年春天，他都会在院子里帮她用耐火砖把烤炉搭好，冬天下雪之前又把它拆掉，平铺在地上免得积雪。肉烤熟了，他悄悄夹起一块大的放在她的盘子里，把蚊香往她的脚边移一移。等到众人吃饱喝足，老先生起身添柴，让大家看篝火和高大的杉树在火光中跳跃的影子。

这样的日子，感觉像个白日梦，可是明明近在咫尺。

巴厘岛植物记

巴厘岛遍地都是鸡蛋花树，乳白、黄、粉红、紫红的鸡蛋花缤纷各异。到了岛上，游客受当地人的感染，纷纷把捡来的鸡蛋花簪在耳际或发辫上。岛上的房屋都不高，这里的习俗是房子不可高过椰子树，因为当地人敬神时摘的是树顶的叶子，椰叶编成的小筐盛上几朵盛开的鸡蛋花，数朵香花一杯清水，一日拜神三次。入夜在风味餐厅用餐，院子的草坪上有传统舞蹈表演，白色鸡蛋花簌簌落在舞者的赤足旁。

爆竹花长筒形的红色花朵开在翠嫩纤细的枝条上，果然像串串欲燃的小鞭炮。金嘴蝎尾蕉的花远看像炮仗，近看边缘却有一圈黄绿色，如同金色的鸟喙。白色曼陀罗花仿佛倒垂的漏斗，开得妖媚不羁。橙黄、嫩粉和浓红的朱槿随处可见。朱槿枝叶婆娑花色明艳，苏轼的"焰焰烧空红佛桑"里的"佛桑"就是朱槿。林清玄写过一篇文章，说他当学生时常和朋友在中和圆通寺的山道上散步。"我们一路走，顺手拈下一朵熟透的朱槿花，吸着花朵底部的花露，其甜如蜜，而清香胜蜜，轻轻地含着一朵花的滋味，心里遂有一种只有春天才会有的欢愉。"酒店的阳台上开满紫红的三角梅。三角梅是我熟悉的花，小时候隔壁邻居家翻墙而出的三角梅，开成一面绿底红花迎风挥舞的旗帜。那艳红的"花瓣"其实是苞片，真正的花却是被苞片围在中心的黄白色小花，乍一看让人以为是花蕊。三角梅的苞片脉络清晰，手感像略有韧劲的纸张，并非一般花朵娇嫩的质感。睡莲在巴厘岛是供奉神灵的花，也是装点宫廷园林的重要花种。那天我看到池塘里的睡莲时恰逢阴雨天的黄昏，遥望着簇拥在水面上的睡莲，蓦然想起莫奈晚期的睡莲，花朵和叶子都很模糊，只余一团团闪着微光的影子，据说这是画家因白内障视力不清时凭记忆画下的。虽然不清晰，却因熟稔和爱悦别有动人之处。

姜黄茶是巴厘岛的"神茶"，当地人说但凡身体不适都可疗愈。许多餐厅都提供瓶装的冰镇姜黄茶。姜黄产于亚洲，既有药用价值又可作为食品调料，能调理气滞血瘀、降火消炎，有些地方的人还拿姜黄粉外敷止痛，姜黄调制的咖喱色泽艳黄芳香。柠檬草切成段和姜片泡出的饮料味道清新，颜色是清浅的绿，加入茶包则成了深褐色。我在巴厘岛的咖喱、海鲜和河粉汤里，也常吃出柠檬草的清气。椰子在巴厘岛的街边堆成小山，口渴时无须买饮料，让店铺里的人凿开一个喝椰汁就行，然后劈开用调羹挖出雪白的椰肉吃，既祛暑又解馋。

巴厘岛男子学习绘画和手工，女子练习歌唱舞蹈，是一个古风犹存的地方。织染工艺品商店门口，手工艺人用小铁锅里熬煮的靛蓝草汁，把线条简洁优美的花朵图案描在游客的T恤、衬衣甚至皮肤上，导游说那些花朵数日后会慢慢褪掉。生活在阳光充足的海岛上的人，对色彩的运用大胆奔放。在山中湖，看见一位给庙里的柱子画彩绘的中年男子，头戴黑底飞金的天堂帽，身穿桃红色衬衫，裹裙藏青色的底子上织有深红的花朵和飞鸟图案，腰间系一条淡绿腰带。这样浓稠鲜亮的色彩，现代都市里的男子恐怕没有勇气披挂上身，在阳光亮烈、绿荫覆盖的岛屿上却异常好看。巴厘岛人深信艺术是通往神明的道路，在一个天然艺术馆里，没有人会嫌色彩过于热烈丰富。

荷花

梅花

枇杷

紫苏

葫芦

柿子

浮萍

姜

西瓜佛手

艾蒿

艾蒿

薄荷

荔枝

红蓼

慈姑

迎春花

薰衣草

陈 皮

樱花

曼陀罗

车前子

第三辑

流年花影

惆怅还似旧

春天总是反复无常。隔壁小区那棵瘦弱的樱花，无声无息地开了一树粉白的花朵。然而第二天便风雨大作，是那种让人走在路上无力和窘迫之感顿生的恶劣天气。气象专家称这只是春寒，而非人们抱怨的"倒春寒"。

有人在微博上询问油菜花的花讯，评论里的回答七嘴八舌：徽州快了，无锡尚早，而昆明的油菜花已经开得疲掉。春天最勾引人的一是花田，二是花树。每一年，你都心知肚明，这个时节一树树的梨花、杏花，像野火燃烧在一望无际的乡野，而无数个春天，城市里的人只是知道而已，谁又能真的去探花？我常常想，都市里的人比幽闭在深闺的杜丽娘更可怜，春色如许年年辜负，文山会海堪比出家人的黄卷青灯。于是，当我读完公众号里一篇关于飞碟的文章，不由得一个人笑了起来。每次目击天空出现巨大的云团和光涡，作者总怀疑那是不明飞行物前来接他回家。一定是自己哪里做得不够好，没有按时抵达车站，因此他们又飞走了。现实生活的压迫，已经把地球人对飞碟的恐惧，转化成了微妙的期待。

春日的食材过时不候。微苦的枸杞头滋味清新，买回家油盐一炒就很美味。朋友圈里的妙人，把枸杞头微火焙干当茶饮，真是不为稻粱谋的人才有的闲情逸致。往年的春天，总是赶在清明前买螺蛳，养在清水里滴几滴油让它们吐尽泥沙，然后用老虎钳一个个钳掉螺尾下锅炒，放两个干辣椒。炒螺蛳的火候比较微妙，等螺口褐色的厣脱落下来粘在锅边上就可出锅了。今春我只是偷懒地买来现成的螺肉炒春韭。香椿芽微微闪着红光，一小簇一小簇矜贵地立在菜摊的显眼处。网上看到一段视频，教人把腰果、杏仁、亚麻籽、黄豆细细舂碎，拌上椿芽做成香椿酱，但我还是喜欢简单的香椿炒蛋。春日的野菜，吃的就是一股蓬勃粗莽的野气。初春的椿芽，过了时节就成了不堪食的粗枝大叶。

"一声雷，可以无端地惹哭满天的云；一阵杜鹃啼，可以斗急了一城杜鹃花；一阵风起，每一棵柳都会吟出一则则白茫茫、虚飘飘说也说不清、听也听不清的飞絮……"少年时钟情的文字如今已经很难引起我的共鸣，可是一段手抄的《心经》却让我沉吟良久。抄经的人在金粉写成的《心经》上放了一小枝桃花："田野里春花灿烂，春风温柔。可惜长眠的父亲已看不到了。"蓦然想起母亲在电话里说起的家人为爷爷迁坟的事：开了棺木，遗骨竟然不是纯白，而是红褐色。依旧俗请人将遗骨装在瓮中，由父亲抱下山，中途不得放下。父亲后来说极累，因为他的年事也高了。小时候我和堂兄弟们去为爷爷扫墓，是远足踏青般的雀跃心情。到了山上跑得一身细汗，手臂脚踝常被野蔷薇的小刺钩破自己却没察觉，眼里除了山间的景色，就是带去供奉的清明粿。清明粿的原料是鼠曲草泥，有时还会掺入一点芥菜汁，加入花生油和白糖，最后再加磨细的糯米粉拌匀，这样翠绿清香的粿壳就做好了。我喜欢绿豆馅的清明粿，裹在竹叶里上笼蒸，草香、竹香和绿豆沙的清甜至今难忘。等到我渐渐感受到时光的流逝和清明节的沉重，清明粿却早已无缘再吃到。

细雨洒在花前，短暂的春光果然徒惹惆怅。

春在枝头

春天给人的第一感觉竟然是"突兀"。一墙之隔的小区里，一夜间就开出柔柔粉粉的一树花来，原来早樱已被催开。南方的早春，虽然绿意并不少见，但那样轻盈粉嫩的一树花，衬着野猫踏过的老墙头，看了还是让人微微错愕。恍惚记起数年前爱知大学里的樱花树，黝黑的枝丫上，严冬里压着皑皑白雪，春日里变成了累累娇花，光阴的流转果然有迹可寻。桥边的柳树突然爆出点点新绿，玉屑一般的柳芽，简直能掐出一汪水来。这个时节柳树的绿，果然配得上"新"这个字。白玉兰毛茸茸的骨朵日益饱满，开足了的花朵在风里仿佛簌簌飞动的鸽子。如果天是蓝的，一树玉兰白得反光而炫目，到夜里便泛出微微的荧光来。十万狂花如梦寐，白玉兰是成片的可观，紫玉兰却是单株的好，寥寥数朵已让人惊艳。

春天的时鲜最妙的是野菜。微红的香椿树芽闪着淋漓的水光，香椿适于炒蛋、拌面、拌豆腐，甚至揉进饭团里带出去野餐。枸杞头正嫩，汪曾祺在《故乡的食物》里，详细介绍了凉拌枸杞头的做法，说那滋味"极清香"。"清香"不易形容，可是汪先生写得妙："我所谓'清香'，即食时如坐在河边闻到新涨的春水的气味。这是实话，并非故作玄言。"春笋和蚕豆形味俱佳，是入馔的食材，而"菜花黄时食塘鳢"几乎可以当作诗句来品。三月的弥陀芥菜香气辛辣，斜切成片与春笋同炒，是春天里别有风味的家常菜。"城中桃李愁风雨，春在溪头荠菜花。"这是辛弃疾《鹧鸪天》里的句子。王宝钏苦守寒窑十八年，春来在田野上干农活，头上插的正是荠菜花。细细碎碎的小白花像她清苦的生活，虽然卑微却端庄自持。据说荠菜花是明目清火的药材。江南人喜欢用荠菜包馄饨，荠菜的清美和肉的油荤得到微妙的平衡，和竹笋烧肉是一样的道理。菜场里翠绿的荠菜大多是种植的，野生的比较少见，偶尔有农民挑了野荠菜来卖，很快就被人一扫而光。野荠菜是暗绿色的，梗子镶着一道紫红边，入水有浓郁的香气。我见过有人在公园里挑荠菜，斜斜一铲下去，从土里拎出来，看上去需要一点巧劲。荠菜开出碎米般的小花后就老了。"春在溪头荠菜花"，人其实并没有自己想象的高明，野菜比人知春。

小时候不知道为何会有人伤春。春和景明花草齐发，连纸鸢都轻快地飞上了天。后来懂了，却也难以言说。有位修过四禅八定的朋友，和他聊起春天，他说："怕见烟花春景。"我听了默然。这个奇异的人，心事再繁重，只要听过他的一席话，心里就像水洗过一样的干净。后来他剃度归隐山林去了。临走前安慰我说总有再见之日，然而再见之时，应该合掌称他"师父"，又怎可再拿俗世小事烦他？春天一到，总听人提及"春在枝头已十分"，而我记住这一句，缘于多年前读过的短篇小说《解发夫妻》。他和她是恩爱夫妻,却由于婆婆的挑剔和不容分手。最后一面,她已出家,送他至寺门。"一转身,转手摘了一叶赤红菩提叶,一面行一面嗅,原来春在枝头已十分。"他未再娶,有人问起玉言,他平静地说:"对不起,玉言已经过世了。"玉言,是他爱妻的名字。

若知春滋味

"樱饼"是日本人春天吃的和式点心,糯米团子染成浅红色,以盐渍的樱花树叶包裹。"柏饼"内容和"樱饼"差不多,只是外衣换成了橡树叶。绿茶饼是用揉了绿茶粉的面饼煎制而成的,绿意中透着丝丝金黄,面上点缀着一芽玲珑的新茶绿叶。最引人遐思的是以清凉葛粉做的半透明点心,其中腌制过的樱花瓣若隐若现。春花入馔,凡人的生活似乎也沾染了一丝仙气。

日本人春日还有吃"七草"粥的习惯。夏目漱石写过一句"粥味滴滴佳,肠中春欲苏"。他把粥和春天联系起来,说的就是一月七日吃七草粥的日本民俗。"七草"指的是水芹、荠菜、鼠曲草、繁缕、宝盖草、芜菁、萝卜这些有代表性的春天的草花。常有人将芜菁与萝卜混淆,其实它们外观虽然相似,但同科不同属,芜菁松软可作主食,萝卜则脆嫩多汁。古代北欧冬季青黄不接的时节,芜菁就是人们过冬的主要蔬菜,土豆是新大陆发现后才传入欧洲的。荠菜和鼠曲草是为人熟知的野菜。周作人在《故乡的野菜》中写到了鼠曲草:"黄花麦果通称鼠曲草，系菊科植物，叶小微圆互生，表面有白毛，花黄色，簇生梢头。春天采嫩叶，捣烂去汁，和粉作糕，称黄花麦果糕。"其实食七草粥是中国的旧俗，《荆楚岁时记》记载："正月七日为人日。以七种菜为羹；剪彩为人，或镂金薄为人，以贴屏风，亦戴之头鬓；又造华胜以相遗，登高赋诗。"在中国消失了的食七草粥的习俗，日本人倒是保留了下来，但日本后来改行公历，吃七草粥也就改到了一月七日这天。古时候人们春初外出采摘七草做羹，祈愿无灾长寿富贵，如今只是去超市买现成的七草，洗净切碎，等粥快好时撒在粥面上。七草粥颜色青绿可爱，味道其实十分普通，只是图个好意头。

中国人将花草入馔，春日里常用的花材有梅花、玉兰、松花、牡丹、藤萝花……寻常人家的厨房里更常见的是野菜，初春雨后半尺来长的枸杞芽，大火一煸就是一盘清香袭人的油盐炒枸杞芽。马兰头是马兰的嫩茎叶。小时候儿歌里的"马兰花，马兰花，风吹雨打都不怕，勤劳的人儿在说话，请你马上就开花"，唱就是马兰蓝紫色的小花。马兰头拌香豆腐干或虾米不难吃到，难得的是有心人会到大草坪或公园里亲自去挑。开紫花，"浓青浅翠，驻马坡前无隙地"的诸葛菜可以用来做菜粥。折耳根在西南春夏的餐桌上十分常见，折耳根的叶子加盐、糖、醋和花椒油，就是一道简单又美味的凉拌菜。马齿苋、蒲公英、苦菜、蕨菜、桔梗、野荠菜、水芹、小根蒜……只要你识货，都是清新、原始的春天之味。

在初春的菜蔬里，春笋的地位极高。挑矮壮、色泽紫黄而带点油光的嫩笋，加上鲜肉、咸肉炖一锅"腌笃鲜"。这江南吴越特有的菜肴滋味复杂销魂，无法用言语形容。清新脆嫩的笋让雪白的汤不俗也不瘦，吃的人顿时有了一种品尝到春天的欢喜。读钱红丽的《四季书》，冬日的篇章里写到笋："去菜市，冬笋上市了。一根根黄袍加身，不用问价，必奇货可居。我还是倨傲地走过去了。心下安慰，还是等春笋吧，我们家的排骨汤里也不缺这一味。"读到此处不由得笑了起来，文人的自傲和悻悻然真是可爱。

春日里的花果蔬叶，是可以吃下肚的美丽诗句。

暮春

看紫藤，只要去附近那家咖啡馆就行。暮春时节，隔着落地玻璃窗，坐在花下慢慢吃一顿早午餐，没有比这更享受的周末了。冬日里毫不起眼的枯瘦老藤，渐渐披上一身绿叶，开出串串紫烟般的花朵，一路攀上玻璃屋顶。爬藤植物，总是让我无端想起且歌且舞流浪的吉普赛人，天生有一种落拓不羁的美。即便是阴天，紫藤花也隐隐有光。从花前经过的，不乏脸上闪过诧异神色的路人，仿佛眼前猝然升起一场未曾预告的烟火，或者是遇见一个打扮得过于华美的人，就这样走在大街上。只怕要等花儿都落了，平凡的绿叶长出来，他们才会暗暗松口气。咖啡馆门口除了栽在大缸里的紫藤，还有龙船花、栀子、大花马齿苋和迷迭香。

此时校园里水杉的颜色最漂亮，秀颀水嫩的绿影一路绵延到远处，看得人心里一静，那种静谧不是冬日的冰原，而是春水里荡漾的微波，因着这一点响动，反而更静了。银杏树的绿意一天天深了，阳光好的时候，站在三楼教室的窗前往外看，会有一种模糊的感动，觉得这个世界再不济，只要被一团绿烟笼罩着，破碎伤怀多少能得到一点弥补。晚樱、丁香、紫荆纷纷开放。生机盎然的植物，真是装点地球的美丽珠宝。友人说，她家院子里的一棵花树，明明没有开过隔墙，邻居却屡屡抗议它招蜂引蝶惹尘埃，催促她砍掉。我听了十分唏嘘，这世上有些人，再璀璨的春色恐怕也无法让他们的心肠变得柔软明亮。

丰子恺曾在《春》里写道："我积三十六年之经验，深知暮春以前的春天，生活上是很不愉快的。"因为"天天愁寒，愁暖，愁风，愁雨"。江南的早春的确有点让人纠结，然而到了暮春似乎有点盼头了。野蔷薇抽出细嫩的新枝，人家的院子里，篱边伸出一两枝鲜黄的油菜花来。豌豆圆润起来，可以给小孩儿做"豌豆船"了。将豌豆的豆荚剖开一点，把"船舱"撑开，填入豆粒，就可以在水中起航了。友人给了一纸袋明前龙井，说是杭州的好友炒制的。微苦淡绿的茶汤，回味却很清甜。绿茶的品种喝过不少，始终觉得龙井最经得起细品。炒茶人的手势缓慢沉静，日子太古般悠长。年复一年的春天，我总有一个梦想，就是到杭州去住上一段时间，看看长堤上的新柳，山寺里的望春玉兰，草地上的阿拉伯婆婆纳、早开堇菜、繁缕、鼠曲草……一直到晚春的法国梧桐、水杉、枫香、鸡爪槭、紫藤、含笑、鸢尾、琼花和木绣球。

苏轼写过一首《暮春别李公择》："簌簌无风花自堕。寂寞园林，柳老樱桃过。落日有情还照坐，山青一点横云破……"这是一首送别词。苏轼和李公择皆因反对新法遭贬，恰逢春色已老，樱桃花期也过了。与好友作别，除了这首词，苏轼还写了《送笋芍药与公择》："今日忽不乐,折尽园中花。园中亦何有,芍药裛残葩。"花木荣枯与亲朋聚散都是自然的事,然而豪迈如苏轼,此时也愀然不乐了。一样是山水田园的暮春景色,《暮春别李公择》与他两年前写的"百舌无言桃李尽,柘林深处鹁鸪鸣。春色属芜菁"完全是不同的意趣和心境。

春光之美,在于那些可供怀想的岁月。

入夏

每年杨梅的季节都极短。往年的弄堂里，到了这个时节总有个苏州男子来卖杨梅。他不吆喝，不让还价，甚至不许人随便碰他的果子，而一筐杨梅却速速见底。他的斗笠压得低低，我不记得他的眉眼。今年迟迟未见他来，在水果店胡乱买的一小堆杨梅，色泽模样丝毫不差，吃着却是僵的，想象中杨梅的酸甜并未在口中迸裂开来。

樱桃上市了。随手点开手机里的美食APP，隔日便有珠玉般的果子送上门来。樱桃的果实，有种娇嫩的美感。朋友家的院子里种了棵樱桃，然而果实往往是吃不到的，樱桃一红就被鸟儿吃光了，她也毫不在意。我喜欢樱桃，不仅是因为它甜蜜的滋味，还有一个理由是某位友人说天气尚未大热，一碟樱桃加半瓶香槟，虽南面王不易。这个悲观享乐主义者很久没更新过博客了，夏初买一盒樱桃来吃，也算是对她遥遥致意。樱桃是文人小品画常见的题材，丰子恺画过的樱桃里，有题了"流光容易把人抛／红了樱桃／绿了芭蕉"的，也有"樱桃豌豆分儿女／草草春风又一年"的款识。人总是在下一个季节来临之时，才感觉到一个季节的匆匆流逝。第一幅画里有高脚果盘、木格窗、芭蕉和蜻蜓，最妙的是烟盒上搁了一支点燃的香烟，想必主人就在一旁，安静的画面里却有时间在隐隐流动。

这个季节的水果其实并不多。有人在水果摊前，把一箱杏子认作了枇杷，我窃笑不已。枇杷的黄是明亮的，杏黄则带着微红，是一种收敛的颜色。用花果来定义颜色是简单明了的方法，不过有些人的色谱没有那么细致，在他们看来，红和黄、蓝和绿并无太大的分别。在南方，杏不多见。我曾买到过新疆库车空运来的小白杏，黄的糯青的脆，有种雅致的香气。荔枝丹红点点，甜香细细，委实十分动人，可是贪嘴吃多了容易上火，只能略微冰镇，闲来拈几颗剥食，算是夏日里的一种享受。有人教我荔枝冰棍的做法，将荔枝剥皮去核，放在搅拌机里打成果汁，再加入牛奶混合均匀，倒入模具中冷冻即成。

绣球花压弯了枝条。五六月的南方多雨，雨中的绣球花叶繁茂，椭圆形的绿叶青翠舒展。然而绿化带和公园里规规矩矩的绣球总有单调之嫌，最好是偏僻的山道或者荒村破庙旁，赫然见到一丛开得疯狂的绣球，简直可以用来作一篇玄幻小说的开头。唐代白居易写过《紫阳花》一诗："何年植向仙坛上，早晚移栽到梵家。虽在人间人不识，与君名作紫阳花。"这神秘的紫阳花就是绣球。

大花栀子青绿色的花苞日渐饱满，油绿的叶子亮得照人眼。雪白的栀子花采来插在小瓶里，香得让人几乎无法集中精神。朱淑真形容栀子"玉质自然无暑意"，栀子纯白如玉的花色和浓郁的香气果然能消暑热，和岭南人夏天喜欢在家里插一瓶雪白芳冽的姜花一样。小区里野生的鱼腥草开着白色小花。折耳根也叫鱼腥草,是川黔渝地区春夏餐桌上常见的凉拌菜。我在饭店里点过凉拌折耳根,总觉得它有股腥气,并没有传说中的鲜香美味。后来查资料,发现折耳根看着像花瓣的部分其实只是苞片,四照花也是如此。夏日的黄昏,站在四照花的花树下等人,满树白色花远看如飞鸟投林,心里顿时矛盾起来,既期待等的人早点出现,又希望这个花好风凉的时刻久居不逝。

夏天无疑已经来临。

梅子熟时栀子香

黄梅雨总是和甜美的栀子花季一同来到。大花栀子开了,状如蘸饱墨汁的毛笔尖的绿萼犹豫着,把雪白的心事一层一层舒展开,终于变成一朵皎白的云,即使在漆黑的夜里,也是耀目的。大花栀子香气浓烈,有人觉得它不够清雅,格调不高。其实大花栀子是变种,原种的栀子单瓣,花形小巧细致,香气也清幽。小时候偶尔能见到这种栀子,卖菜的农妇将它钩在挑菜的扁担上,六月燠热的市场忽然漾起一阵冷香。

南国的栀子寻常巷陌随处可见。咏栀子的诗词不少,比起李商隐心事重重的"栀子交加香蓼繁,停辛伫苦留待君"、韩翃的"葛花满把能消酒,栀子同心好赠人",我更喜欢王建"闲看中庭栀子花"和陆游"清芬六出水栀子"这样平实的白描写法。韩愈的《山石》里写栀子:"山石荦确行径微,黄昏到寺蝙蝠飞。升堂坐阶新雨足,芭蕉叶大栀子肥……"雨后黄昏古寺,阶前芭蕉青绿栀子娇憨,有蓬勃的山野之气。张祜的"南檐架短廊,沙路白茫茫。尽日不归处,一庭栀子香"也极有画面感,让曾在庭院里种过栀子的我为之神驰。

许多香花如茉莉、木樨、珠兰、玳玳花都可用来窨茶，栀子花也可制成栀子香片，茶味芳香醇厚，有清心明目之效。据传有位晚清举人邀约友人到青岩书院游览，恰逢谭嗣同就义纪念日，见到满院栀子花盛开，便将栀子花瓣一片片撒入刚沏的茶中，窨一杯香茶祭奠谭嗣同。

栀子之名得自栀子果。酒杯古称"卮"，栀子花的果实酷似小酒杯，故得"卮子"之名，"栀子"正是由"卮子"而来。有个朋友说她小时候在老家，做饭是烧柴火的，大人经常上山砍柴。某日，母亲从背回的柴枝里摘下了几颗橙红的小果子，告诉她那是黄栀子，能把雪白的米粉糍粑染成漂亮的黄色。从此，在新砍回来的柴堆里翻寻栀子果，成了她单调的少年时光里的一桩乐事。

栀子是夏天的花，而夏天正是毕业和离别的季节。也是一个夏天，在校园里，听到一个男生说到了六月，蓦然发觉那些正在捆扎行李的四年级女生十分美丽，然而已经要道别了。我的同学里，在离校前勇敢地匆匆恋爱的，被我戏谑地称为"黄昏恋"。也许人生就是如此，成熟优雅美丽了，懂得珍惜了，往往也就该告别了。就像栀子，洁白馥郁过，又速速烈性地萎成了铁锈色。每年的这个时候，我都会避开学校附近的那些小酒馆。我已经是被射出的那支箭，在呼呼掠过的时间里，明白了梦想和现实之间的差距，体会到了变迁和执着的矛盾和挣扎。不用回头，我也清晰地记得箭在弦上那种期待、惶恐和留恋的感觉，旧梦重温让人心软。偶然见到校园里毕业生摆在路边的旧书摊，我总会停下脚步，买下一本也许根本无用的书。

他们不推销，不多话，只是默默微笑。我喜欢这样简简单单、安安静静的告别，和并不相识的年轻人，和终日与书相伴栀子花般的青葱岁月。

"过去事已过去了，未来不必预思量。只今便道即今句，梅子熟时栀子香。"弘一法师《晚晴集》里抄录了石屋禅师的这首偈子，这末一句恰是江南夏日风物的写照。

梅雨

连日的雨。傍晚骤雨初歇,弄堂口的路渐渐被风吹出往日的灰白色,乍看真有点不习惯。满地深黑的小水洼早已让人麻木。即便偶尔一天不下雨地仍是湿的。墙根下浓绿的鱼腥草和野薄荷几乎连成了片。远处的天,蓝了小小的一角。勉强阴干的衣服完全没有干爽的手感。想起和好友客居丰田的日子,住惯了北京的她,一到梅雨季节眉头一直锁得紧紧,收下来的衣服必须用熨斗彻底熨干才能上身。难怪柳宗元要在《梅雨》的末两句里感慨"素衣今尽化,非为帝京尘"。翌年她回北京,梅雨时节我发一则"江南梅子雨"的短信给她,眼前浮现的是她锁眉的神情。近年大热的日本影片《小森林》(春夏篇)里,到了闷热的梅雨季,老屋里连木头的饭勺都长出霉斑来,女主人只得生起炉子去湿,顺便给自己烘个面包。

"南京犀浦道,四月熟黄梅。湛湛长江去,冥冥细雨来。茅茨疏易湿,云雾密难开。竟日蛟龙喜,盘涡与岸回。"这里的南京其实是四川成都,老杜笔下的蜀中四月,细雨迷蒙春水盈盈,既纤美又壮阔。贺铸的"试问闲愁都几许?一川烟草,满城风絮,梅子黄时雨",连设三喻,把一城的烟雨写得无尽凄迷。今春黄梅的雨却不是绵绵细雨。暴雨如倾的那天,半个复旦园成了汪洋。从池塘里逃出来的锦鲤顿时成为朋友圈里的明星。总务处发了通告,请大家及时告知鱼儿的踪迹,以便早点送它们回水塘,末了还加一句"不是说着玩的"。世界那么大,它们出来探险之后是否又回到安全的生活里?从档案馆的石狮子后面远拍相辉堂,居然有点烟波浩渺的错觉。

草坪一直是湿的,行人绕道走,绿草节节蹿高。栀子花还在开,折两朵养在水杯里,一室都是花香。去菜场买鱼,发现鱼摊的老板娘用玻璃瓶插了满满一瓶栀子,与腥湿之地并不相宜的雪白花朵让我意外欢喜。黄昏时有人在街边卖荷花,一枝枝浅红的花蕾,看着十分清丽。家里的小盆景,一圈绿苔养得油绿。京都的西芳寺,最佳的观苔季节就是梅雨季,绿苔被雨水滋养得苍翠可喜。偶然翻到友人微博里的图片,浙江山里的大树,树干遍布青苔,犹如撒了厚厚一层抹茶粉。她说此时的竹径和山涧最为清凉。在乡间度假的人断断续续地告诉我花草的消息:屋顶上无人照管的仙人掌,沾了雨水愈发绿得发亮。白兰花象牙白的花正开,半开的骨朵最香;樱桃要摘了,免得被鸟雀偷去;杏子已经转黄。卖茶叶的网店,店主用蓝染布制成香包随货奉送,内填艾叶、紫苏、丁香、白芷、藿香、薄荷、石菖蒲和金银花,说是可以清神祛浊。

静谧的阴雨天其实并不令人讨厌,穿堂风带着一点凉意。这样的天气里,我总会想起从前留长发的日子,把刚洗过的头发披在肩上自然晾干。下雨的日子,搬一把椅子坐在屋檐下看雨，没有日影的坐标，整个白天的天光都像暮霭的黄昏。酷热尚未开始，萧瑟的秋冬则更远。在微雨的下午睡个长长的午觉，醒来闻见前夜摘下的茉莉散发的余香，有种不知身在何处的倦怠和满足。

初 夏

蜀葵是初夏的花。从前见到的都是单瓣的，植株蹿得很高，站得笔直，粉红、大红、紫红的花灼灼满枝，花朵带点纸质感。今年在人家的花园里看到了一株重瓣蜀葵，颜色是清雅的淡粉，园子的主人说这颜色叫"鲑鱼粉"。远在京都的友人，无粽子和咸蛋可度端午，进山觅得一大丛艾草，归来倒悬于窗下。隐居乡野的故人在集市上买回几把栀子，并在微信里感慨："小时候父亲栽了那么多果树，却没想过为女儿在院子里种一棵栀子。"

这个时节出去散步，偶尔会看到淡黄的棣棠花。清陈淏子《花镜》记载："棣棠花，藤本丛生，叶如荼蘼，多尖而小，边如锯齿。三月开花，金黄色，圆若小球，一叶一蕊，但繁而不香。"也许是受清少纳言《枕草子》影响的缘故，棣棠总让我想起它在日语中古雅的称呼——"山吹"。《枕草子》中记载了一则雅事：清少纳言原本在宫中随侍定子皇后，后来曾为了躲避流言退居乡间。某日收到宫中来信，说是定子皇后的亲笔，打开发现信里仅有一片棣棠的花瓣，附着一句"不言说，但相思",那是《古今六帖》里的句子。清少纳言读罢十分感动,不久就回到了皇后身边。然而那是柔弱清丽的单瓣棣棠,而不是眼前变异了的复瓣棣棠,花期绵长却结不出果实。

  《枕草子》里有不少关于季节的好句子。"夏则夜。有月的时候自不待言,无月的黯夜,也有群萤交飞。若是下场雨什么的,那就更有情味了"。这是林文月的译本。同样的一段话,周作人的译文是:"夏天是夜里最好。有月亮的时候,不必说了,就是暗夜里,许多萤火虫到处飞着,或只有一两个发出微光点点,也是很有趣味的。飞着流萤的夜晚连下雨也有意思。"相比之下,我更喜欢周作人的版本。夏夜里精灵般的萤火虫,很容易触动日本人纤细敏锐的季节感。宫崎骏的《萤火虫之墓》,让很多人为两个战争孤儿泪下。现代都市言情剧《萤之光》里,片头的动画稚拙优美。大城市里的白领女子每当夏日来临的时候,总会记起家乡的萤火虫,"那年夏天"是多少好故事的开头。

  把手机的屏保换成一幅水彩画,淡蓝和深蓝瓷砖相间的游泳池水波荡漾,角落里有只橙红色的金鱼,看久了仿佛掉入一个梦境里。作者的灵感来自一则传闻:有个游泳池的管理员,在一个废旧的小池里养了条金鱼,简直可以用作魔幻小说的开头。看过一部电影,男主角为了偷渡到邻国去见未婚妻,成日苦练游泳。他在泳池里穿梭时,响起的配乐是肖邦的《E大调练习曲离别》。冰冷的汪洋与生命的虚无果然无法以肉身泅渡,然而他的抗争和执着实在动人。

  看朋友从云南拍回来的照片,蓝天白云占了很大的比重,看多了却也不厌倦。巨大的云朵，影子落在下方的山坡上，云和影子隔着遥远的距离。山坡上开满紫红的高山杜鹃。天上的云太多姿，云下徘徊的人显得格外渺小。这情景不由得让我想起《云下的日子》这篇文章。作者说他有一个习惯，就是打开谷歌地图，逡巡家乡的山山水水。在谷歌地图上，从一座山到另一座山，只有一厘米，移一下光标就到了。村落里的房屋和谷仓几乎可以忽略不计，村子里的人的悲喜哀愁，也好似不存在。于是"用谷歌地图看"成了他的口头禅，也是他劝慰朋友的独特言语。用谷歌地图的眼光看一时的得失，"云端之下，悲喜必然要来，也必然变得微不可及"。

闽南的夏天来得迅猛，母亲在电话里聊着火热的太阳和绿豆粥。京城校园里的人写的则是"头顶初夏的风卷起白桦树梢银绿叶片如同海潮，呼啸而来，呜咽而去"。上海初夏的梅雨季阴晴不定，几分钟前还好好的天，突然落下的雨点把斑马线上白色的横道砸出深灰的印子，热烈的夏天仿佛就此开启。

夏日瓜菜

盛夏来临，蔬菜汤在饭桌上出现的频率大大提高。番茄蛋汤是家常小菜。我做番茄蛋汤时，番茄一定要去皮，在油锅里煸炒出番茄汁，橙红的汤里漂着薄纱似的蛋花，色彩鲜亮又酸甜开胃。番茄冬瓜汤里加两根泡软的天目扁尖同煮，味道清鲜无比。扁尖其实是嫩笋干，经盐水煮、炭火烘焙而成。绿中透着微黄的扁尖结着一层薄薄的盐霜，闻着就有股清香。冬瓜我小的时候不爱吃，大约儿童的味蕾往往抗拒滋味寡淡的食物，偶尔大人在冬瓜汤里加几只蛤蜊，我还能勉强喝两口。后来才明白冬瓜清爽平淡的好。

丝瓜清甜又解暑，然而许多人却不喜欢它软塌塌的口感。上海的一位美食家说，丝瓜去皮不要用刨刀，要用棱角分明的毛竹筷，使一点巧劲，将丝瓜皮最外面的一层刮去，这样瓜肉外有一层内皮附着，烹煮后不会过于软熟。碧绿的丝瓜烧汤或者炒蛋、炒毛豆，都是上佳的夏日小菜。以前老家的天井里种过一架丝瓜。丝瓜长得野，密密匝匝的叶子迅速遮满整个天井的上空。纤细幼嫩的丝瓜藤看着弱质楚楚，其实只要抓住任何可以攀缘的物体，便义无反顾地牢牢抓住继续攀爬，占据一块又一块领地。我家还种过八棱瓜，我们叫它"角瓜"。角瓜和丝瓜同属葫芦科，但角瓜的表皮有明显的瓜棱，口感比丝瓜脆。我在厦门的一家饭店里吃过锡纸包裹的烤角瓜，脆嫩鲜甜，味道至今难忘。皮薄多汁的西葫芦既可清炒，也适合烧汤。韩国人爱吃的大酱汤里，少不了切成薄片的西葫芦。朋友教我做烙饼，新鲜的西葫芦切细丝，略撒盐腌渍出水，然后和面，面不能太稀，将腌渍好的西葫芦丝加小黄鱼的鱼肉一并和入面中，倒在不粘锅里小火煎熟，既是主食又当菜，吃得十分饱足。色泽光润如碧玉的苦瓜清热解毒，苦味却非人人消受得起。许多饭店的菜谱上都有冰镇苦瓜这道凉菜，碧绿的苦瓜刨得极薄，堆在冒着丝丝凉气的碎冰上，蘸一点蜂蜜吃苦味并不明显。我偶尔会做豆豉炒苦瓜，将苦瓜焯水后加豆豉同炒。苦瓜排骨汤去火，生硬的苦瓜在汤里渐渐绵软，苦味荡然无存，只留了一点清气在汤里，这真是无比奇妙的事。

空心菜可以从初夏吃到秋天。小时候我家吃空心菜，都是沸水一焯，空心菜的颜色从嫩绿转为深绿时便捞出装盘，撒上少许盐和蒜泥，淋上小红葱的葱油，有时也洒一点醋，大人说那是空心菜大多种植在水田里，唯恐有寄生虫的缘故。上海的菜场里，菜茎颜色青白的柳叶空心菜最细嫩，价钱也略贵。初夏一尺来长的空心菜可以连枝带叶掐成一段段炒来吃，到了盛夏也有去叶的菜梗卖，加干辣椒煸炒十分下饭。空心菜是旋花科植物，我见过空心菜的小白花，样子有点像牵牛花，边缘呈锯齿状。秋后无人采摘的空心菜，日渐粗壮结实，像山芋藤一样在地面上攀爬蔓延开来，和平日菜场里泛着水光文弱的模样大相径庭。近两年家里附近的菜场开始有山芋的嫩叶卖，摊主美其名曰"神仙菜"。买回家来折成小段，一点一点撕去叶梗上的皮，将近一个小时才得一小盆。茄子在吴方言里叫"落苏"，听上去颇有古意。陆游的《老学庵笔记》记载道："'《酉阳杂俎》云：茄子一名落苏。'今吴人正谓之落苏。或云钱王有子跛足，以声相近，故恶人言茄子，亦未必然。"茄子最简单的做法就是整条下锅蒸，软烂后加蒜泥、酱油和醋，滴几滴麻油，朴素的滋味佐白饭、米粥，既不油腻也不寡淡。鲜百合买回来，剥成一瓣瓣，把略带铁锈色的边修干净，洗菜的筐子里堆得雪片一般，加入绿豆汤里很快就煮得粉糯。

苦夏时的晚餐，一碗清亮的粥，一枚对剖落日一样好看的咸蛋，再加一碟清爽的瓜菜，夏夜仿佛也没有那么难耐。

但惜夏日长

是什么让我觉察不到苦夏的漫长？

邻居铁窗外越爬越放肆的藤蔓终于结出了两个拳头大小的金铃子。金铃子起初是青绿色的，成熟后变得金黄，荔枝壳般凹凸不平的外皮和菜场里的苦瓜颇相像，但金铃子是纺锤形的，不像苦瓜那么细长。先前我猜了很久，爬藤植物的主人到底在花盆里埋下了什么种子？没想到答案如此另类。金铃子一般当水果吃，成熟后果实里面的红瓤有甜味。《金瓶梅》第四十九回中，西门庆把云游梵僧请至家中款待，二十道果菜中有"一碟子癞葡萄，一碟子流心红李子"，这"癞葡萄"便是金铃子。

这个季节，市区的一些老房子外墙上，常常会看到一墙绿油油的爬山虎。爬山虎的茎上有很多卷须，卷须上有吸盘，因此可以毫不费力地吸附在墙壁上。挥洒绿意和阴凉的植物，让只会制造热浪的人们心里生出几分愧意。大学路上有一间酒吧的花坛里，蓝雪花开了一茬又一茬。夏日里蓝紫色系的花让人眼目清凉。公园绿地里，百子莲、穗花牡荆和醉鱼草楚楚地开着，紫色的马鞭草往往让人误认成薰衣草。盛夏到江西游玩。某日在一个小镇公路边吃农家菜。小店里没有空调，啤酒是温的，一张黑沉沉的实木方桌却叫人心里踏实，窗外一大片恣意生长的白荷，虽然花瓣收拢了，姿态仍然绰约。那一餐饭新鲜热辣，最后一道汤里加了一把鲜绿的薄荷叶。我忽然想起薄荷夏天里开的小花也是淡紫的。

没有一个季节像夏天这样让人对树木心怀感激。路旁两排法国梧桐的影子，足以庇护一列等车和行走的人。烈日下，树木高而密的街心花园仿佛被施了魔法一般，一脚跨进去，整个喧嚣灼热的世界都被挡在外面，蝉叫得人心神恍惚。北京的友人发来的照片里，白杨树和洋白蜡庞大的树冠饱满神气，洋槐的叶子绿得耀眼。夏天的树，树叶由嫩绿变成了沉稳安静的浓绿，密密地簇拥在一起，却又从缝隙中露出漂亮的树干。阳光洒进苍翠的树叶里，微风一吹，整棵树瞬间被点亮，让人分不清闪烁的到底是金色的阳光还是油绿的树叶。每逢夏日，我总会想起闽南老家火红的凤凰花。"叶如飞凰之羽，花若丹凤之冠"，凤凰木果然当得起它的美名，羽状的树叶细细碎碎，阳光筛下来一地跃动的光影，火焰般的花朵蓬勃地开满枝头。张晓风这样写道："看凤凰花非得有一种老僧面壁寂然不动的定力不可，否则真会走火入魔。凤凰花开到饱和的时候，树上一片红海，树下一片红塘。风过时，上下红波红浪之间还有一串串落花如散丝红瀑布。"整个夏季，空气里尽是植物的清气和阳光的热气混合在一起的味道。

博物馆是夏日里静心的好去处。一只小小的瓷碗就足够沉迷半天。好的作品是一种近乎天意的奇迹，阅历、才华和一腔热血都交给窑变，天地只在一握之间。冰肌玉骨的瓷器是炎夏的镇静剂，沁凉直透到心里。实在无处可去，可以看云。一直盯着云朵看，会发觉天空越看越蓝，蓝得澄澈，蓝得虚无。风大的日子，小小的云在天上相逐，地上的云影也就变幻了图案。大朵乌云堆积起来，暴雨就快来了。站在窗前等待大雨哗哗地落在焦渴的地上，雷声如期而至。

夏日在别处

去广西北海看朋友,这是别处的夏日。

亚热带的水果大多香艳。一个个水果摊都像打翻了调色盘。"妃子笑"荔枝翠绿中带着一抹红,让人想起少年人的酡颜。记得小时候吃好荔枝,将又黑又大的果核洗净削去顶端,插入牙签就变成了一枚圆溜溜的陀螺,在木桌和红砖地上可以玩个几天。芒果堆里有橘红色圆滚滚的香芒、金黄纤长核薄如纸的蛋芒,一个个甜涎欲滴。皮薄多汁的芒果不耐久存和运输,唯有在产地饕餮一番。《本草纲目》中记载芒果为"果中极品,种出西域"。印度早在公元前两千年就有种植芒果的记录,据说世界上最好吃的芒果品种是印度的阿方索。《植物实名图考》说芒果"花多实少",芒果淡黄的小花确实密密匝匝开满枝头,但大部分的花会掉落,不能结为果实。暗绿的木瓜,让我想起越南裔导演陈英雄的电影《青木瓜之味》,阳光下枝叶疏朗的木瓜树,趴在浮萍上的青蛙,温婉秀丽的女子将青木瓜对剖,刨成碧绿的细丝,拌成一盘青木瓜沙拉。木瓜是南方房前屋后常见的果树,手掌般的大叶子映着屋瓦和一角蓝天，十足的南国风情。最叫人不知所措的是菠萝蜜了，甜蜜的名字和传闻，让人总想剖开坚硬的外壳如攻陷一颗心。哪知道果肉虽然香甜，吃起来却费力，黏稠的汁液粘在手上，像嚼过的口香糖。那种泥足深陷的惶惑，如同爱上了一个不该爱的人，已然尴尬却不舍得放弃，只得继续沉沦。一小块吃剩的菠萝蜜留在桌上，第二天整个房间仍异香弥漫，叫人印象深刻。下次还贪不贪这一口，还真是让人颇费思量。后来沮丧地说给当地的朋友听，她轻描淡写地说吃之前手上抹点油就好了。至于榴莲，由于同行的人脸色有异，只能折中地在吃茶时点一客榴莲酥来吃。朋友说，她的亲戚中有极爱榴莲的人，每次吃掉果肉都意犹未尽，还要把果实里的白色的筋剔出来炖排骨汤，听得一桌人"啧啧"有声。

北部湾内的海，平静得像面大湖，游人们可以租一条渔民的小船划出去，戏水的人游出了警戒线，双脚一探，却踩到了雪白的沙。海边的饭店是木结构的，一根根圆木深深地扎在泥沙里，把几间木屋支撑起来，海风吹得人有些恍惚。长年满眼的绿色、蕉林椰影，从早茶喝到夜茶都不算奢侈，最叫人心动的是海滨小城里的人慢吞吞过日子的悠闲劲。穿着泳衣游上沙滩，披上一条大毛巾直接钻进车子里开回家是平常的事。中午十二点到两点之间，整个城市几乎办不成什么正经事，因为多数人都回家午休去了。这全城理直气壮回家午睡的壮举，与同样热爱午睡的希腊人颇有些相似。中午两点前后，希腊街上走动的全是观光客。当地人回家吃饭、午睡。于是商店停止营业，机关停止办公，连电视台也要停播一小时。直到下午四五点，街上才重新热闹起来。希腊人早起晚睡，常常玩乐到深夜，午睡对他们来说既是必然也是乐趣。有人说理想的生活是住在南太平洋岛屿上，大扇的白色窗户直接通向花园，看得见不远处的朵朵白浪。晒太阳、吃水果，扇着扇子说笑话，傍晚在紫色的天空下跳舞。天亮了，跳进海里游泳，呼吸带着盐香的空气。回家把长发梳通，吃一顿海鲜，午睡。把午睡列入理想生活的必选项，对此我深表同意。

生活节奏慢于大都市的地方，更有享乐的气氛和幽默感。繁华不过是表面文章，慵懒闲适才对得起自己。在海边的客房里凭窗眺望远处帆船的黑影，一动都不想动。半夜靠在游泳池边的躺椅上，听着榕树籽落地的声音，不知今夕何夕。

秋天的况味

不知道这算不算秋天的第一场雨。

高中时当过地理科代表,如今关于寒暖流和热带风暴形成的原理已经忘得差不多了,只记得地理老师说过的一句"一雨成秋"。在那些太阳一天天烤在背上的日子里,我曾怀疑苦夏是否永远不会过去。就像失恋的人,总以为就此告别了人世间的好风景,直到有一天,睁开眼睛,发现自己又能欣赏阳光在树叶上舞动的影子了。居然再世为人了?真让人欣慰得几乎失落。

觉得长夏渐老,是从发现邻居架上的丝瓜无人采摘开始的。中年发福的丝瓜寂寥地挂着,可以想象腹中的筋络,已经长得比人工织出的纤维更结实,一擦过皮肤就会留下一道红痕,而那些等人来收集的种子,跳棋般镶嵌其中。

暑气一旦止歇,风吹在身上开始有了凉爽的感觉。瓦蓝的天水洗过一般清明,被几朵闲云衬托得格外高远。难怪谚语里有"七月七,看巧云"的说法。清代袁景澜的《岁华纪丽》有"吴中儿女,秋夕乘凉露坐,笑语喧哗,七夕看银河"的描述。张爱玲在《天才梦》里说她懂得欣赏"七月巧云"。天才少女,生命里自小就有一扇打开的窗,透着来自清空的光亮。想起她的一生,也像秋天的风吹过山林,吹过浮华人世,飒爽干净。

秋天的夜比夏天来得早些,虫子在静夜里低鸣,执着缠绵。据说夏蝉在黑暗的地下蛰伏,就是为了在树上唱上一夏。秋虫又是为了什么?真想切下手中的一角瓜果分给它们,再问它们一声:如果温饱有了着落,伴侣也不算难求,是不是就不用在夜半醒着,把心事唱了又唱?

和秋天高远淡泊的气质相比,这个季节的食物反而是沉实饱足的,软糯的栗子、香芋、菱角,说是蔬果,完全可以当主食来吃。而无花果,这种不够光鲜水灵的果实,咬在嘴里,有一种意外的甘醇,沉淀了夏日阳光的芳香。

公园的水边蓼花红了。细弱的红蓼,有一种淡远缥缈的美感。宋徽宗的《红蓼白鹅图》里,红蓼硬而有节的花枝、疏离的叶片和垂坠的花穗,画出了一派秋天的景致。白石老人画过《红蓼鹌鹑》和《红蓼彩蝶图》。"潇湘秋色三千里,不见诸君说蓼花。"法国梧桐的大片叶子落了之后,才会轮到银杏出场。在银杏的叶子转黄之前,没有人会注意到它的美丽。忽然,一夜之间,就像被施了魔法一样,一排排的银杏树镀上了金光。也就是几天的时间,银杏的叶子又唰唰地落尽。植物就是这样温良地接受着造物的安排,既然所有美好的都美好过了,还有什么可惜?

凉风吹着,阳光温暖明亮。"我们于日用必需东西外,必须还有一点无用的游戏与享乐，生活才觉得有意思。我们看夕阳，看秋河，看花，听雨，闻香，喝不解渴的酒，吃不求饱的点心，都是生活上必要的——虽然是无用的装点，而且是愈精炼愈好。"这是周作人对日常生活的总结。在秋天，放慢节奏，游戏一下人生的确是有必要的。

敏感的人容易在秋天感慨，特别是恰好到了开始回首前尘的年纪。看着年华似水，生活慢慢地走向了它的最高点，也看见了下山的路，半老半新的人生，半坚强半脆弱的心情。

这一场雨是秋天的脚步。

清秋

秋天是什么时候开始的,节气和气象台似乎都给不出确切的答案。菜场的蔬果也许可以提供一点依据:芋艿和栗子多起来了;夏末成熟的无花果,表皮由深绿转为微红。水果摊上皮薄多汁的石榴据说来自云南蒙自。银杏的叶子还没黄透,朋友送的一小袋白果却已经躺在冰箱里,这是她亲手摘了银杏果去除果肉晾晒的。幸亏身边总有那么几个肯慢悠悠花点时间和心思来经营生活的人,不是什么东西都傲慢地掷下几张票子去买。

银桂开了没几天,就被大雨打成一地细碎的花影。红蓼叶子阔大花却小巧,零落地开在水边,有一种洒脱的野逸之气。秋天的水塘,芦苇和荻花渲染的是清冷和萧瑟,蓼花却独有一抹醉人的嫣红。宋伯仁的"秋到梧桐我未宜,蓼花何事已先知。朝来数点西风雨,喜见深红四五枝"和陆游的"数枝红蓼醉清秋"都写到了蓼花红。槐树夏末看花,秋天看荚果。槐花和槐树的果子都可入药,清凉收敛的效用和秋天的气质十分相符。去京城探友,天蓝得那么清亮高远,即便堵车我们也毫无怨言，仰头去看街边槐树累累的荚果。

　　去舟山群岛的朱家尖闲逛。这个季节的海边人迹寥落。入夜的海滩，连潮水那一道白线都变得模糊。在黑夜的海上，再强大的人都会觉察自身的渺小。白天驱车在山里转。路边有一片五色斑斓的大波斯菊。大波斯菊的花朵轻盈透亮，适合在阳光下赏看。可惜那天下雨，开始只是绵绵细雨，后来雨势渐大。路边一处民居，一只猫在窗台上躲雨，有人忘了把晒在外头的向日葵花盘收进去。雨天的海是雾蒙蒙的蓝灰色，坐在沙滩上的凉亭里看海，时间除了发呆并无别的用途。

　　和几个朋友一起去钓鱼，鱼塘边的一排栾树结出了艳红的蒴果，堆叠在绿叶的上头，是看了叫人眼前一亮的红配绿。偶尔有一两枚蒴果落在水面上，波纹一荡，是有鱼游过来咬食吗？水塘的另一面种了几棵木芙蓉。木芙蓉油绿的掌状叶子在风里摇曳，粉红的花瓣蜷曲着。一只白色水鸟悠闲地站在树下的浅水里。记得中学校园里也有一排木芙蓉，早晨看到时是白色或浅红色，下午放学时再看已经转为深红。

　　思乡病秋天容易发作。客居京都的友人发微博，书架上一排排日语原版书，角落里却赫然摆着一对粉面彩身的兔儿爷，一个坐在莲花上，一个背着鲜红的小木柜。不管多么入乡随俗，一件小摆设立刻就泄露了她的出身和心境。于是我也记起闽南的秋天，在院子里看月亮，桌子上摆着绿豆饼和一壶铁观音。人的口味是最顽固的，很多年过去了，我吃豆沙、蛋黄、五仁馅儿的月饼总觉得索然。看不到月亮的秋雨夜，翻看丰子恺漫画里的月色也别有一番滋味。梧桐树下寂寥人的背影。卧看牵牛织女星的女子,身边的屏风上画着远山和归雁。月上中天,茶壶和杯子还在桌上,人却不见了踪影。满月下的一汪水,明明天地静默,却教人想起滔滔江水声。

树叶还是绿的,但那种绿分明有了迟暮的颜色。中午的阳光还是热,可是风吹在身上,却已经是不一样的风。许多人留恋夏日,秋天总是提醒人岁之将暮。

秋之华

只有秋天的风,当得起飒爽的"金风"二字。如果只听叶子的响动,会以为树叶是金箔,否则怎么会发出如此脆亮的声响?桂花开时,整个小区都浸在甜香里。有人说睡觉时不舍得关窗,只为窗下两棵香得让人精神恍惚的丹桂。也就是秋天,那些在我的生活里遁去了踪迹的人,偶尔就上了心头。并非当真想念,而是那么一怔忪,突然就记起与某人相处的黄金时间,当然,这总要多年后才能回味。某日骑车从桂花树下经过,赫然看见有人攀着桂树枝,把桂花一把把捋到手中的塑料袋里。小区保安端坐一旁,安乐地喝茶听收音机。管不住自己的诧异和怒气,但又开解自己说,有良辰美景,也有败笔和讽刺,才不致惆怅沉溺难以自拔。

北风一紧,看红叶的季节便开始了。去苏州闲逛,看见路上法国梧桐的叶子已经由绿转黄,偶尔有几片落在人家屋顶的瓦楞里。狮子林里的银杏树此时身披金衣,映衬着鸡爪槭和红枫红红黄黄的叶子,美得让人移不开视线。常常忆起在日本看红叶的日子。和樱花相反,日本最早出现红叶的地区是北海道及本州岛的高山地带，由北往南逐渐推移。京都赏红叶的历史最为悠久，一到红叶季，众多寺院里的林木下游人无数。说到著名的赏红叶处，完全可以开出一个辉煌的名单：鞍马寺、贵船神社、志明院、三千院、琉璃光院、莲华寺、圆通寺、实相院、赤山禅院、圆光寺、诗仙堂、京都府立植物园、哲学小路、白沙村庄、银阁寺、法然院、真如堂、金戒光明寺、永观堂、南禅寺、平安神宫、高台寺、清水寺、金阁寺、源光庵、岚山……京都看红叶最好的时间一般是十一月中下旬，而十二月上旬至中旬则为落叶时节。严谨精细的京都人，甚至为看红叶绘制了专门的地图，而且实时更新，在每处红叶名胜地以"开始变色""三分""五分""七分"来标注树叶的变色程度。通常只开白天的寺院，红叶季节有些会特地夜间开放让游人赏夜枫，其中人气最盛的是清水寺、永观堂和天龙寺宝严院。我去永观堂看过夜枫，满目殷红的树叶，其间点缀着纸灯飘忽的光影，美得让人疑幻疑真，犹如置身梦境。据说王国维偏爱永观堂，辛亥革命后王国维随罗振玉东渡日本，旅居京都。归国后，王国维给罗振玉写信，落款改署"永观"。他写过一首赏红叶的绝句："漫山填谷涨红霞，点缀残秋意太奢。若问蓬莱好风景，为言枫叶胜樱花。"

在爱知县时，我也没错过名古屋郊外香岚溪的红叶季。香岚溪在山里，和寺庙里精心修剪过的树不同，这里恣意生长的林木枝条交错，落叶满谷。山色欲燃，连山下的小溪也映上了艳红的倒影，一山一水的红让人几欲疯狂。每逢红叶季节，那里的小山村日日都有集市。集市摊位上售卖柿饼、地瓜干、蜜饯、果子酒、手工织染的围巾和陶瓷器。灰白的陶碗底部绘着蓝色的花纹，青灰色的陶杯上则用淡淡的墨色勾勒出蒲公英和笔头菜，杯身上一处温柔的凹陷恰好让手指握杯。最动人心魄的红叶其实不在树上，而是抛洒在地上的那一层，足以把一条路都染红。那样让人绝望的美，比落樱更深沉浑厚。游人都只远远地望着，用长镜头把那震撼人心的场景拍下来，无人走过去践踏。有人说一旦尝过了蜜的滋味，此后便灰了心。太美太圆满的，都容易给人这样的感觉。

落叶树

寒流过后，樱花树片叶不剩，只有一棵爬藤植物干枯的藤蔓固执地卷在上面。法国梧桐巴掌大的叶子跌落下来，在路面上发出脆响。晴天丽日里走在路上，偶然有一片梧桐叶落在肩上，仿佛熟人的一只手轻轻拍上来。起风的夜晚，路人都竖起衣领，听到梧桐叶刮过地面的"沙沙"声，心里涌上一阵凄迷。水杉铁锈色的羽状叶子落下来，常常会粘在鞋底带回家来。银杏的树叶被风一片片吹走，如同挥霍一树的金币。看到秋冬飞舞的银杏叶，很为小时候图画书里的摇钱树不值，为何摇钱树上挂着的都是俗气的圆形方孔钱，而不是银杏叶般的美丽金箔？"起风了，弄堂里就有了一条金色的地毯，踩起来松软极了。小确幸就是刚念叨要去音乐厅看银杏，上帝就在家门口造了一条黄金城道。"这是某个夜晚朋友转发的一条微博。第二天晨起，果然看见校园里的银杏叶落了大半，仿佛听从了季节的召唤。园林工人的工作量陡然增加，我常常幻想他们是怀着满心欢愉来收拾这些灿烂的叶子的，然而看到有人不耐烦地用手里的竹扫把敲击银杏树，好让叶子落得快些，梦想就此破灭。银杏的细枝在高处，枝枝丫丫清晰可辨，如同天幕下细致的工笔画。法国梧桐被锯得只余粗大的枝干，原先的枝繁叶茂瞬间变成大写意，删繁就简处处留白。校园里从东到西的视野顿时开阔起来，看得见大风过后铅灰色的天空。

多年前看过的一篇文章里写道，朋友纷纷移居海外，一个朋友就好比一枚树叶，叶子离枝飞去，树枝上微凹的浅坑里盛满旧日回忆。早已记不清作者是谁，但这个有些伤感的比喻却一直留在我心里。杨绛的《将饮茶》里有篇回忆父亲的文章，写到父亲所吟金农的诗句"故人笑比庭中树，一日秋风一日疏"。文末写父亲去世，家中狼藉，家具俱去，杨先生坐于大厅门槛上傻哭。她抬头望见搭丧棚的人在大厅的柱子上绑白布，需要从高梯上爬上爬下，不禁想起昔日自己结婚时搭红绿彩绸也是如此麻烦，又回想三姐结婚的盛况，再忆及新厅落成时全家的欢乐。与此时的惨淡相比，杨先生只是说："我现在回想，盛衰的交替，也就是那么一刹那间，我算是亲眼看见了。"

落叶树的美是清奇之美。英国作家吉辛笔下的落叶树，是我常看不厌的章节："不着叶衣的树形有一种稀有的美；若是偶然雪或霜使它们的枝条变成银色，对着朴素的天空，它便变成了永不厌倦的奇迹了。"瘦骨般的落叶树让我想起一个关于白骨的故事：医生的门后，有一具骨骼标本。每一次，医生用到这个标本，都会轻轻地打声招呼："你好，张美丽！"有人好奇地问起，医生解释说，捐献骨骼的人按照惯例不留姓名，但这具白骨小巧清秀，可以想象主人生前的美好，于是医生自作主张叫她"张美丽"。最近看的一部电影,女主角是个同性恋,不惜把事业、名誉、地位和伪装的性取向像一身树叶那样纷纷抖落,她说生命的真相往往要等叶子都落尽才会大白于天下。

"当树叶飘落,整个大地就成了墓园,在里面散步令人愉快。我喜欢徘徊,沉思那躺在坟墓中的树叶。这里没有谎言,也没有徒劳的墓志铭。"这是美国诗人梭罗写下的关于秋色的句子。不曾被树叶照亮和温柔覆盖的世界,该是怎样的荒芜之地?

冬日杂写

关于四季的枕边书，终于翻到了"冬"的篇章。

冬季的睡前酒，从冰冽的白葡萄，换成了微温的黄酒。我认识的北方男子，刚到上海时看到黄酒有点不屑："我们那儿黄酒是烧菜用的，没想到上海人料酒也喝。"如今他已习惯在冬夜烫一杯黄酒，想来是不知不觉被南方的风情泡软了，口味从白酒的浓烈转为黄酒的微醺。冷天里的柠檬蜂蜜茶也是好饮品，鲜榨的柠檬汁，加上一大勺蜂蜜，滚烫的开水浇下去，还没喝到嘴里已经精神一振。

某个冬日的下午，我在东京的公园里因为迷路拐进了一个热带植物园。窗外寒风凛冽，暖房里却花木扶疏。藤蔓植物爬了一墙，芭蕉花沉甸甸地开着，水池里大王莲的叶子大得几乎像在招呼游人坐上去。杨桃青绿可爱，这五角星形的水果瞬间唤醒了我的思乡之情。那种亲切感在异乡十分错乱，和冬天到海南有点相似，穿着羽绒服从机舱出来，一阵暖湿的空气扑面而来，让人有点晕眩。穿着薄衣在路边喝椰子水，闻见植物园里香草的芬芳，不时有回到夏天的错觉。

经冬不凋的花草格外惹人怜爱。冬天到云南腾冲旅游，在和顺图书馆的院子里，见到高大的山茶树，艳红的花朵花心卷曲盘旋。艾思奇故居院子里的一架炮仗花也开得格外热烈。霜冷时节，在名古屋的一条小街上，突然闻见一股清冽的花香，原来是人家庭前的柊树，开满一树米粒般雪白的花朵。柊树属木樨科，香味不像桂花那么甜润，却有别具一格的清美。柊树芳香，叶子的边缘有尖刺。据说柊树能除厄驱魔，日本人常在家门口或庭院入口对栽两株。京都奈良一带至今仍保留着春分柊树枝串沙丁鱼挂在门前驱鬼的古风遗俗。在我的家乡闽南，冬季更像晚秋的延续，没有冷得这么森然，薄衣加件外套就可以过年了，无须棉袄或大衣。小叶榕犹自披着一身绿叶，红花羊蹄甲紫红的花朵开得正好。哥哥家那棵十八学士茶花，每到冬天便开出满树繁花，花朵有粉白、粉红，也有粉红掺着紫红的，几乎没有一朵花的颜色完全相同。中山公园里的白山茶也开了，白绸一般的质感，父亲说山茶里唯有白茶花可以冲泡饮用。

然而常绿植物有时也会让人心生怅惘。久居黄山的朋友，举家迁到广西北海。开始的时候十分雀跃，后来便开始想念四季分明的故乡。我也喜欢冬有冬的模样。初冬时碧空下的银杏叶如蝶飞舞决然落尽，枫叶熏醉整个山头，南天竹缀着沉甸甸朱红的果实。萧瑟的冬日黄昏，落尽了叶子的黝黑树枝伸向铅灰色的天空，夜里的黑色剪影瘦骨般清奇。腊梅就要开了，水仙也该养起来了。气温降下来，人心也随着多了冷静和豁然。冬天的美，在于它呈现出清朗的情致。

《周礼·天官》里说四季之食是"春食""夏羹""秋酱"和"冬饮"。冬日里喝两杯粮食酿的酒,享享清福,这也算顺遂天意了。

清供

今冬的案头清供是南天竹、腊梅和佛手。

有人说南天竹珊瑚色的小圆果实不够清雅，或许更适于篱边墙角，我却觉得萧瑟的季节家中尤其需要这一点亮色。冬天花少，卫矛、南天竹、石楠、紫金牛、海红豆、万年青，大叶冬青和枸骨红色的果子来补缺。我看过一幅叫《岁朝清供》的国画，画面由高到低，分别是腊梅、南天竹、水仙、万年青、佛手和红柿。友人家的窗下用扁形长方盆种了几株万年青，冬日里自成一景。然而，矜贵的盆景我侍弄不来，只会在冷色调的细口瓶中插上一枝南天竹。南天竹的果子好看，叶子也颀长秀美。日本人常在盛放刺身的盘碟里摆几枝南天竹的叶子做装饰。南天竹插瓶无须水养，果实一日日风干，艳丽的红由亮转暗，逐渐呈现出一种收敛陈旧的色泽，几个月后才会干枯坠落。植物结束自己的方式干净利落。

素心腊梅的香，隔夜从另一个房间走过来闻得最真切。在房间里待久了不觉得，打开窗放点冷空气进来，香气又浮动起来。有人在微博上晒出插在宝蓝色花瓶里的小枝腊梅，以棕褐色的木头桌子衬底，颜色搭配得十分悦目。有人在微博里讨论究竟是"腊梅"还是"蜡梅"，"蜡"字描述花的质地，"腊"字表示花开的时节，在我看来他们都是懂得品味季节的有心人。朋友说重庆花市里的腊梅令人震撼，几乎是把树干斫下来卖，其实案头清供一小枝足矣。

年前网购了一箱佛手。一开箱，新鲜佛手的清芬扑面而来。从前只知道金华产火腿，没想到金华也出好佛手。《红楼梦》第四十回里写到探春的秋爽斋："探春素喜阔朗，这三间屋子并不曾隔断。当地放着一张花梨大理石大案，案上磊着各种名人法帖，并数十方宝砚，各色笔筒，笔海内插的笔如树林一般。那一边设着斗大的一个汝窑花囊，插着满满的一囊水晶球儿的白菊。西墙上当中挂着一大幅米襄阳《烟雨图》，左右挂着一副对联，乃是颜鲁公墨迹，其词云：烟霞闲骨格，泉石野生涯。案上设着大鼎。左边紫檀架上放着一个大观窑的大盘，盘内盛着数十个娇黄玲珑大佛手……"探春的居所以"斋"为名，摆设雅致有书卷气，难怪海棠社的发起者，不是最有诗才的黛玉，也不是博学的宝钗，而是三姑娘探春，胸中有丘壑的女子果然非同一般。佛手最宜闻香，也有人用来泡茶、煮粥、腌果脯。佛手是香橼的变种，香气比香橼浓郁耐久，入口却酸涩，口味不佳，属于格调胜过实用的类型。汪曾祺在小说《鉴赏家》里，写到果贩叶三卖佛手、香橼，"人家买去，配架装盘，书斋清供，闻香观赏"，写的就是讲究的人家将佛手和香橼作为清供的旧俗。如今北方冬季把佛手当摆设的少了，佛手产于浙江、福建、两广和云贵，毕竟产地远不易得。南方人仍保留着这种习俗，闽南和台湾的寺庙里，佛手是重要的供果之一。

有人说一花一果的清玩里，能见到"光风霁月，廓然无碍"。我的心境没那么高远，只是闻着冬天里花果的清气，想到在这个过于务实的时代，在养活自己之余，居然还有赏玩四季情味的心思和闲暇，心情就像冬阳一样暖热起来。从人际关系和成功学中节省下来的心力，成不了什么事，但为自己解解闷是足够了。

花事

喜欢在街边档口买花。

小时候没有买花这个概念。院子的墙角有芭蕉,茉莉开足一个夏季,腊梅是在小学同学家的后园里见到的,抬头望见比自己高出一倍的花枝,恍如一头跌进一个暗香浮动的梦境。上学的路上走过小巷,石缝里一枝紫色的小蓟引来了蝴蝶。作词人林夕写过一篇《蝴蝶飞过我的生活》:"活生生的一只蝴蝶,在面前飞过,自自然然地就这么飞过,是蝴蝶飞过你的生活,而不是自己走进蝴蝶的生活。"现在回想起来果然如此。等到有零花钱可以买花了,城市里依然没有花店。关于买花的零星记忆,唯有一次在菜场里买过咸草捆扎的野栀子,瘦小单瓣的花朵,散发着惊人的浓香。偶尔也会在路边老妇人的摊子上,买一串含笑花和千日红来供佛。这样的花摊如今我回家乡时,在钟楼附近还能见到,买花的大多是到西街的开元寺去礼佛的香客。在离家上大学之前,我从未走进一家专门的花店,一本正经地买过一束花。

至今仍然习惯在花摊上买花。黄昏,看见花贩推着一自行车的花晃晃悠悠过来，即便不买心里也欢喜莫名。百合、月季、勿忘我不常买，只是惦记那些花店里少见的花。一到春末夏初，见了卖花人就会问有没有芍药。买上两把圆溜溜的花骨朵，回家插在瓶中，过两三日就开了，花开时闻得见淡淡的香味。一向钟情素色的我，看到紫红的芍药仍会毫不犹豫地买上几把。运气好时能买到异常清丽的白芍药，有一次甚至买到白底上洒紫红斑条的。气温再高一点就有蓝紫色的鸢尾卖了，卖花的人管它叫"爱丽丝"。鸢尾花风姿楚楚，样子好似静止的蓝蝴蝶，可惜开的时间太短。扎成小束的栀子花和茉莉花每次遇见都会买，即便自家阳台上也有盆栽茉莉。栀子花我自己养不好，不是生虫就是掉苞。盛夏时节总希望能买到荷花，只是买回的菡萏常常开不了，隔一两日花瓣便镶上黑边萎谢下来，看着有些惊心。白荷很少见。夏末街市上卖莲蓬的很多，可惜他们总把细长的荷秆截去，否则整枝风干了可以放很久，像残荷一样有种萧瑟的美感。煮荷叶粥用的新鲜荷叶需要提前预订，粥汤将成时把整张荷叶覆在锅子上，整锅粥片刻便染上了迷人的淡绿色和荷叶的清气。秋日里买束饱满的绿菊，可以看上两个星期。冬天里花不多，曾经买过两把漳州水仙的鲜切花，可惜后来再也没见过。总希望花贩的推车上有山茶、梅花或者大枝的杏花卖，然而只是梦想而已。

把买花当作日常茶饭事的人心思绵密。岭南人的文章里时常写到姜花。姜花谢得太快，但实在是香，买起来的频密程度和买新鲜蔬菜相当。一手提菜，一手执花，花与菜让日常生活显得既随意又不致潦草。广东的黄爱东西写道："天最闷热的时候,姜花最盛,开起来是冷冽浓烈的香,闻着就让室温骤降,略觉清凉。本地土著很习惯在买菜的时候顺便买几捧姜花,天一热就想起姜花。从前老房子电风扇的年代,盛夏时分的西关民居里,小孩子放暑假要做的事情就包括每天拖地板,仔细擦拭雕工繁复的几件红木家私,把姜花插好放在桌上。"旧城的风情和烟火人生都在花香里了。

花前

天气转凉,茑萝开败了。清早开窗的时候,再也见不到那些嫣红的小花和青绿的细叶了。小小的花籽倒是可以收起来明年再种。紫藤、葡萄、常青藤、茑萝这样的爬藤植物,是植物里的吉普赛人,尽管听不见它们唱歌,可是看着它们一心想浪迹天涯的样子,难免心生向往。叶灵凤爱看茑萝:"我为了要想知道它是怎样沿着竹竿往上爬的,往往一人在阶下枯坐很久,目不转睛地望着它,怎样也看不到它有攀动的形迹。可是睡了一觉起来,它往往已经攀高了半尺多,使我对它发生了更大的兴趣。"我的茑萝从花鸟市场买回来的时候,花盆上有个细铅丝搭的小架子,等它在阳台上安了家,攀爬的路径却随心所欲起来。我拉了根线希望它沿着晾衣架爬出去,它却扭头一卷缠到旁边的茉莉花枝上去。小区的绿地里也有人种茑萝,长得十分繁茂,牵丝攀藤地披挂在一棵灌木上。茑萝是很有诗意的花,以前父母把它种在窗边,茑萝纤细卷曲的羽状叶缠绕在窗棂上,慢慢织出一架绿色的小屏风来。母亲叫它"五角星花",花开时果然是一个正红的五角星。我常常呆呆地看上半天。除了茑萝，空地上的凤仙花也有趣，等到淡绿的蒴果膨大起来，只要用手指轻轻一捏，黑色的花籽就被弹射出去，飞得很远，落在某个墙角石缝里潜伏下来。如今的孩子有太多的东西可看，多半不去注意这些小眉小眼的花儿。

小区里有茑萝、栀子、月季、金银花这些平常的草花，第一次见到白牡丹时有些吃惊。白牡丹打了骨朵，我在人家的花坛前徘徊不去，终于讨得一朵。回家插在玻璃瓶中，一转头的工夫，它居然把原先紧闭的花瓣都笔直打开，不知是否客厅里雪亮的灯光让它以为是白日，或者它只是烈性："我开给你看好了！"白得近乎透明的花朵仿佛有魂魄在其中。我的心都凉了，这样激烈的开法必然是不长久的，果然，第二天花瓣就落了。牡丹真是倨傲的花。附近同济初级中学的操场上也有几棵"凤丹白"。开始时纳闷中学的操场上为何要种牡丹，有一天看到操场入口处挂着药草园的牌子才恍然大悟。凤丹也叫"铜陵牡丹"或"铜陵凤丹"，其根皮与白芍、菊花、茯苓并称安徽四大名药，《中药大辞典》中有"安徽省铜陵凤凰山所产丹皮质量最佳"的记载，因此得名"凤丹"。那药草园平日里是紧锁着的，说服保安打开让我进去拍几张牡丹的照片，颇费了一番口舌。

一个人看花有种闲寂的轻松感。去山里游玩时，黄昏在旅馆的院子里准备烧烤，友人出去买食材，我在空地上看着雨后的百子莲和湿漉漉沉甸甸的绣球花，一只小小的雨蛙跳过花盆消失在草丛中。这样混杂着空落的愉悦让我几乎有点手足无措，突然很想抽上一支久违了的香烟。某年在老家过冬也有类似的感觉，阳台上旧得发白的红砖地，深绿的圆柱形围栏。木条钉的蜂箱随意搁在一边，仔细听可以听见"嗡嗡"的声响。月季花瓣落了一地。伸出手就可以够得着栏杆外碧绿的杨桃和枇杷树的白花。岁月说快也快，说慢也慢，有时它就突然停在了这些细枝末节上，无关紧要却美得让人无话可说。

花乱开

和朋友聊起种花的事,她说冬天当然是种腊梅、养水仙,把水仙买回家,天好的时候放在阳台上晒太阳,等到花开了,冬天也就过完了,这样就不觉得冬日漫长了。汪曾祺书里的腊梅颇有雅趣。汪家的旧园有四株腊梅,临近春节时,繁花满树。大年初一,他早早地起来,到园子里择拣几枝全是花骨朵的腊梅,把骨朵剥下来,用极细的铜丝把这些骨朵穿成插鬓的花。他把这些腊梅珠花送给祖母戴,祖孙二人,互相拜年。"山家除夕无他事,插了梅花便过年。"这是一幅旧画上题的句子,画上的茅屋草舍里,有位老人手捧水罐,内插一枝梅花。汪先生说,这才是真正的"岁朝清供"。

父亲喜欢腊梅,小时候到同学家去玩,看见后院里的腊梅树结满金色的花苞,讨了一大枝,一路小心地擎着,在路人的注目下飘飘然地回家邀功去了。父亲性格稳重,很少对什么东西表露过爱悦之情,腊梅却是个例外。腊梅有一种清高之气,有人写到在集市中见到腊梅,心里喜欢却不想被花贩殷勤推销,于是在不远处来来回回兜了一圈又一圈,读了心里很有同感。

水仙也是熟悉的花。在闽南，冬天里不养上几盆是说不过去的。每次母亲找出那个专门种水仙的瓷盆，我便知道快过年了。刻水仙球是个技术活，许多人家都自己动手。人们暗地里较劲，看谁家水仙花开得饱满精神，叶子的长度控制得当。叶子"嗖嗖"蹿得像蒜苗，花苞却干瘪的，主人简直脸上无光。有人喜欢在单瓣水仙的花心套上一圈红纸箍，图个喜气。花开的日期要应景，马上过正月了，水仙还一副青涩模样，主妇们急得开始往水仙盆里加温水，晚上放在灯下烘。遇上暖冬或者时间没算准，花儿在过年前迫不及待地开了，有人情急之下把水仙连盆蒙上塑料袋放进冰箱"缓一缓"。

种花要开心就得随心所欲。以前的同事，人家送了他一头水仙，他顺手将它浸到烟灰缸里去了。没见他怎么用心，水仙却发芽抽枝开出了串串香花。我们都觉得意外，他却得意洋洋。烟灰缸不美，但他种水仙闲散的态度真是让人羡慕。小时候的邻居是个印尼归侨，在气候炎热的地方待惯了，阳台上种满红红黄黄的花。一开始觉得俗，后来慢慢理解了他的审美和乡愁，看见他在阳台上浇花，会远远打上一声招呼。

《花乱开》是画家老树的绘画图册。"将画画儿这档子事儿搞得挺难过的，其实是现在的人，古人没那么多的想法。画只是随意的内心写照，何必赋予太多的思想内涵，动不动还要'深刻'一把？实在没有必要。画画儿这档子事儿，本来就是件好玩儿的事儿。闲来涂涂抹抹，渐渐在布上、纸上，或者在石头上、墙上反正是个什么地方显露了出来，渐渐是那个意思了，心中就高兴。"这是老树自序里的话。《花乱开》里，画是国画，但却加入了许多现代的物件：公交车、电线杆、沙发、路灯等等。这些东西原本不是国画的传统题材，可是老树画得十分自然，而且没有破坏那种古典的意境。老树自己也题诗："春深好题画，两物最入诗，水上雨数点，山中花一枝。"图配诗放在一起果然好玩。那些句子要读出声音才有意思。

太拘束太刻意，人和花都辛苦。花乱开就好。

花花草草总关情

从花贩手中买下几盆易养活的花草搁在阳台上在我看来算不上种花。

姑姑家的庭院里,棕榈树硕大的叶子稍事修剪,缝上一圈蓝布边就是一把扇子。墙角有棵白色香花,花叶繁密得可以让孩子们玩捉迷藏的时候钻进去,出来的时候信手折下一串簪在耳边。院子正中有一架葡萄。至今亲戚们闲话家常,仍会以"当年你在葡萄架下说过"来开头。一墙的金银花,疯长的时候会越过墙头,大大咧咧地爬进隔壁人家。常常见到姑姑搭好竹梯爬上去摘花。我自小就知道金银花泡水就是一剂清火的药,香味也很迷人。金银花的学名叫"忍冬"。学者陈志华的《外国古建筑二十讲》里,有个关于忍冬花的传说。一位科斯林少女患病去世,乳母把少女生前最喜爱的东西收集起来,装在篮子里放在墓碑上,还在篮子上盖了一片瓦。篮子恰好压在一棵忍冬的根上。到了春天,忍冬发了芽,在篮子周围生长起来,被瓦压着的叶端长成了涡卷。一位雕塑家偶然路过发现,非常喜欢这个样式,就以它为原型在科斯林造了科斯林柱。读了这一段，眼前顿时浮现出姑姑院子里满墙的金银花。

  姑姑养了一株红梅，第一次看见黝黑的枝丫上绽出点点红蕾，心里惊叹不已。清少纳言的《枕草子》里写道："树木的花是梅花，不论是浓的淡的，红梅最好。"《红楼梦》芦雪庵联句，宝玉做得少，被罚往栊翠庵折红梅花，这个章节极有画面感。南方无雪，红梅却也精神。姑姑家的竹子在我们那一带也颇有名气，常有人上门来讨竹芯，回去用清水煎了降心火。夏夜里在姑姑家的石凳上乘凉，月光筛过竹子，竹影投在对面墙上好似一幅天然的水墨画。竹叶被风吹过，发出细碎的窸窣声。

  院子里泥地上低伏的蛇莓，孩子们喜欢摘来玩。蛇莓的果子艳红可爱，以为是好吃的东西，尝了才发觉淡而无味。夏日里凤仙花开了，颜色除了粉红，还有大红和白色。我们管它叫"指甲花"。《城南旧事》写过秀贞用凤仙花给英子染指甲。我没有试过，只是在凤仙花结籽的时候成天去摸它们，让蒴果像小地雷一样在手心里炸开。虎耳草因为名字特别，我记得很深。多年后在《边城》里读到翠翠在梦中采摘虎耳草，觉得异常亲切。

  我很少羡慕别人的东西。然而看到人家院子里的游泳池旁栽着一排晚樱，可以让孩子在花树下骑自行车，心里十分向往。有人在文章里写到给花园浇水，"水呈扇形在空中洒开，我把手臂抬高，让水扇子与我的视线齐水平高度，于是，园子变了，植物变了，甚至空气也变了，它们在水的折射里都发生了轻微的变形"，读罢简直妒忌起来。如果我写小说，安排一个人与他的梦中人相遇,应该在一个有薄霜的清晨,走过人家的园子,无意中瞥见一个正在修剪玫瑰花枝的玲珑身影,心里一动,就是她了。

被满园的花草簇拥着的人真富足。"雾一早就散了／我在花园里干活／蜂鸟停在忍冬花上／这世上没有一样东西我想占有／我知道没有一个人值得我羡慕。"米沃什的诗篇,我时常在心里默诵。

小区

  我住的小区植物品种十分丰富。早樱虽然瘦弱，仍然努力传递春天的信息。有人在窗下栽了牡丹，平时看着并不起眼，开出来却是华丽的"凤丹白"，白色的长花瓣簇拥着紫红的花盘。牡丹落尽，还有一株单瓣的粉色芍药可看。靠着马路的人家种了橘树，初夏小小的橘花一开，人行道上的人们便吸着鼻子四处寻找香气的来源。夏日里开放的还有金银花，嫩红的花蕾绽开后，花藤上金银满枝，细闻有怡人的清芬。邻居院子的花窗里伸出来的枝条是枸杞，可以从碧叶、紫花，一直看到它结出艳红的浆果。那果子往往最先被鸟儿发现，和来不及熟透的枇杷果落得同样的命运。麻雀无处借力悬空啄食枸杞子的场面我见过不止一回。我的贡献是拉细绳在阳台上种了两株蓝色的牵牛，虽然我看到的尽是花朵的背面，可听到隔壁的老妇人对孩子说"那是牵牛花"时，心里不免有几分得意。有人划出一小块屋后的空地来种菜，两三平方米的地里整齐地种了莴笋、油菜和一圈小葱。早春的微雨中，一位身形高大的老者戴着竹笠低头播种，不见南山却怡然自得。

初夏时老人们聊天的那个角落最好。一架金银花开得正耀目，同是爬藤植物的葡萄这个时节已经结出青色的果实。榴花红了，香樟树上挂着鸟笼，笼里鸟儿喝水的瓷盅上绘着兰花草，光是看着就十分悦目。最妙的是花坛边支着的一张木头方桌，因为放在露天的缘故，主人细心地钉上了一层防水布。桌上的茶杯，是那种装速溶咖啡的玻璃瓶子，茶叶泡开后豪气地占着大半个瓶子，一瓶可以喝上大半天。真正喜欢喝茶的人，磊落直白不矫情。我想起在日本时主妇们请我喝茶，一律都是在富丽堂皇的客厅里。桌上的时令鲜花精心地插在花器里，高级百货店里买来的红茶和骨瓷杯碟，浩浩荡荡地排开。滚水冲入茶壶，为了保证那几分钟的热度，茶壶用专用的茶壶罩子罩着，一旁放着计时的沙漏，这样就能保证泡出一壶温度和浓淡都恰到好处的茶。茶点是应季的，美得几乎不忍入口，吃和果子的时候配的是竹制的小叉子。对我这样闲散的人来说，这样一桌茶奢侈把玩的气氛太浓，不如这露天里开门七件事中贴近柴米生活的茶，让我在红尘熙攘之余坐下来，被地气和草木环绕着，安心地喝上一口。

常常想起老家的小院子。绿叶婆娑的芭蕉栽在墙角，多年后读到园林学大师陈从周的《说园·续说园》，"而芭蕉分翠，忌风碎叶，故栽于墙根屋角"，果然芭蕉种在转角处最相宜。大花栀子、茉莉和菊花不用怎么费心，一到花季自然盛放。水井旁边的一小块空地上种过小白菜、茼蒿和空心菜，我在那里捉过粉蝶，欣赏过茼蒿野菊般的黄花和空心菜白色喇叭状的花朵。父亲常坐在院子里的石凳上喝茶，南方冬暖夏凉的石凳总让人不欲起身。父亲的茶叶储存在暗色的玻璃缸里。小时候,里面除了茶叶,还会藏一纸包话梅,这是孩子们喝过中药漱过口之后甜蜜的慰藉。在茶缸里放久了的话梅,闻上去有淡淡的茶香。

踏进花木扶疏的小区,轻轻呼出一口气,顿时有了回到家的感觉。

校园花时

在微信里转发了一个名为"复旦花时"的帖子给朋友。茶梅和山茶都落了,相辉堂前的贴梗海棠、研究生楼前的结香、燕园的连翘和光华楼停车库前的迎春花开得正好。白玉兰、红叶李和樱花不用科普,不过校史馆前的羽衣甘蓝恐怕叫得出名字的人就不多了;而第四教学楼前的小叶黄杨,这种容易被人忽略的灌木也被收进了帖子里。小叶黄杨是常见的绿篱植物,不是什么名贵树种,但它的蒴果形状十分可爱,宿存的花柱看起来像个三脚架。红花檵木紫红的穗状小花蓬勃地开着,和小叶黄杨明净的葱绿是很好的对照。帖子里的结香拍得最出彩,可能是花朵渐变的金黄和花瓣边缘细小的绒毛,仿佛自带柔光效果的缘故。这些花草的名字和踪迹我都清楚。偶尔看到路边几棵瘦小的红杜鹃,忽然想起日本爱知大学校园里的杜鹃花来。爱知大学在山上,春来红红白白的杜鹃开满整片山坡。那样明媚的花朵引得我频频举起相机,每当我按下快门时总有一种错觉,觉得春光真的肯为我瞬间停留。

幸亏复旦园的花没有什么名气,不致春花一开立刻变身为公园。四平路上的同济大学有一条樱花道,每到三、四月间,车子堵得附近的居民叫苦不迭,据说武汉大学涌进校园赏樱的人太多,学校索性卖起门票来。周末去江湾校区看樱花,稀疏的几棵樱花树,品种大多是染井吉野。偶尔有几个小朋友在草坪边玩滑板,而我只是铺了张野餐垫,坐在草地上晒太阳听鸟鸣,有人告诉我,树枝上小个的黑鸟是八哥,尾巴长长的是喜鹊,其实它更喜欢在地上踱着小方步。他说:"有这么一大块空旷的地方真好。"再过一些时候鸢尾花就要开了。鸢尾是孤傲的花,虽然是丛生,蓝色的花朵却错落地开着,每到花期绿地里抽出蓝花的蓓蕾,总让人心里一喜。

我一直没有离开过学校,因此对校园并没有什么特别的怀念。后来发觉有很多人,一提到大学,言语之间有说不出的温柔。想来一年到头读书的日子,果然是一种奢侈。以学习的名义,偷得浮生四载闲。外面发生了什么,统统可以高高挂起,一心挽起书包进教室就是,得空看花。最近在读的一本叫《采绿》的书里,作者这样写道:"多年后告别校园,回到家乡,去一家银行开始了上班族的生活。每天困在密不透风的玻璃房子里,在狭隘局促又无休无止的人事纠葛、权益计算中艰难地呼吸。忙中偷闲时,隔着号称子弹都透不过的玻璃,探头探脑向外张望,却总是只见高楼不见树木——这才开始强烈地想念起那个曾经带给我无数欢乐的草木虫鱼的世界。"后来她每到周末便到花草丰茂的郊区去,在树木繁茂的峡谷、农田和野山上寻访新开的野花,去活水湖边看对岸的绿树,她把这称为"博物学漫游"。"我歌唱草药,歌唱苹果,但是心灵的创伤,我不想说。"这是作者在序言里引用的演员比约克接受采访时说的一句话。把情感从过度的自我关注中释放出来,放眼广阔辽远的自然,这种生活态度我很喜欢。

寂寞的人坐着看花

我想我不是个积极的人。

没事宁愿在家打盹,不肯上街凑热闹。单位和家都不在闹市区,有朋友来玩,看见行道树居然是垂柳,笑曰:"真是乡下呢,柳树都有。"我却很高兴。柳树刚发芽时最美,碎米般的柳芽绿光浮动。下垂的柳枝有喻示谦逊的说法,其实植物根本无须附会。我爱看柳树,就是因为它是水边的一抹绿烟。出门去市中心,不到十分钟就后悔,想即刻回家沏杯乌龙,坐在摇椅上发发呆。吃饭不能超过四个人,话题一旦纷乱便觉得浪费时间,木着脸不像话,时时微笑又觉得累,再好吃的东西都消化不良。

好静,静得听得见笔记本电脑散热风扇的嗡嗡声,空调排放冷暖气的呼呼声。我自己不开电视。邻居家的电视声浪,在夏夜里隔着窗听来有点伤感。常常坐在电视前的人,有时并非对节目感兴趣,只是借着这台机器把自己与身边的人隔开,有人曾对我说:"一天中就看电视这么一点时间是属于我自己的。"午睡醒来,小区里小孩远远的嬉闹声、收废品的人的摇铃声、棉花拍子打在被子上沉闷的声响，这些熟悉的声音让我生出今夕何夕的怅惘，不知听过多少次。深夜人声俱寂之后，听得到虫鸣和窗外泡桐树的叶子在风里翻飞的声音。

一边开着小小的收音机，一边照料窗台上的盆栽于我是一种享受。收音机的好处，在于事先不知道会与哪首老歌邂逅，思绪一下子飞回旧日的时光。小心翼翼地把一大棵芦荟连根撬起，换一个大一号的盆，茉莉开过花了需要剪枝，施过肥怕有异味撒上一层香灰。也许我学不成一门像样的手艺，但打理几株容易养活的植物还是没有问题的。简单的劳作带来单纯的愉悦，而花开又是额外奖赏。郑愁予有一首诗叫《寂寞的人坐着看花》，坐着是从容的，寂寞和从容相得益彰。他的诗里花草都知情，金线菊是善等待的，梅香总趁日斜的时候来袭。

身外物和浮名，来了会再去，拿来换半刻清闲和一点消遣。最怕看到人家为了升半级早早熬白了少年头，或者因为评不上职称数年黑口黑面。我的老师里有学问做得很好的，闲聊时从不夸耀自己，却常说些养花的话题。他说自己在郊外的院落里种了一棵杏花，他总念念不忘宋词里的杏花。过春节发贺年的短信，他发的是苏东坡的"春牛春杖，无限春风来海上，便与春工，染得桃红似肉红。春幡春胜，一阵春风吹酒醒。不似天涯，卷起杨花似雪花"。

好友在笔记中写道："坐对遥遥老月亮，把酒瓶点了点，算是向旧相识的致意，喝一口，洁白的细泡沫在瓶颈涌起，静夜中听见细微的嗞嗞声……生命里的许多际遇、许多梦想、许多不知不觉的失落、许多无可奈何的机缘，算起来，在琐碎的现实中,都不过是两口啤酒之间的一个间隔罢了。"他也爱花,种了一阳台花草。"三月第十四天,阴午,杜鹃花开一百零九朵。""安于污浊的外界、劳碌的庸生,只在内心的寂园开出那样的丰盛花朵,便自有悠闲平和之美了。"这是他花草笔记里的句子。二十几年了,一直跟他通信不断。这年头,谁还耐烦买来信纸信封,絮絮写上几大张,然后再找到一个邮筒去投寄?不过,如果那是一个值得的人又另当别论。

枝节

每到假日,我的活动半径反而缩到最小。

夏日里迟迟未开的牵牛,秋凉时节倒是开得十分卖力。明亮的宝蓝色花朵,在晨光里闪着绸缎般的光泽。阳光把圆叶牵牛的藤蔓和心形的叶子映在纱窗上,越看越像一挂长命锁的模样。两棵瘦弱的牵牛,刚买来时总以为不会开了,甚至怀疑是被卖花苗的人骗了。朋友说那完全有可能,因为她一心想种葫芦,买回来的幼苗却结出了黄瓜,我却想就算留着看看叶子也是好的。今夏的台风都只是绕城而过,牵牛安全地过了一夏。渐渐地,我不再抱什么希望,只是天天浇水,直到一朵开过的残花落在面前,抬头惊觉它们静默地开起来了,藤上缀满累累的花苞。

市场里开始有多汁的嫩姜卖了。一堆堆新鲜的嫩姜,带着鲜亮的红芽。嫩姜辛香却不苦涩,切细丝炒肉非常下饭。把嫩姜刮净,薄盐略渍,再加醋和糖装进干净的坛子里可以保存很长时间。看到四川的友人做泡菜,嫩姜、蒜、朝天椒、豇豆和花椒姹紫嫣红地码进坛子里,光是看看都觉得美。姜是中国人厨房里的宝物，不仅可以做祛寒除腥的调料，还可用于食疗和养颜。苏东坡写过一个方子："一斤生姜半斤枣，二两白盐三两草，丁香沉香各半两，四两茴香一处捣，煎也好，泡也好，修合此药胜如宝。每日清晨饮一杯，一生容颜都不老。"此方收录在《苏沈良方》中。

想不起要喝什么茶，却不甘心喝白开水的时候，就去冰箱里找桂花糖露。果酱一样浓稠的糖露，配料是桂花、青梅、海盐和柠檬。桂花稍嫌甜腻的香，被海盐稳稳镇住，广告文案上说它是"唇间的美色"，看来当之无愧。后来在店主的微博里看到一箩箩的桂花和酿桂花露的大缸，心想美味的确得来不易，既要自然的馈赠，也要有心人耐心调制。这家店的藕粉我也买过一包，雪白的包装纸上印着深褐的藕的横切面，藕孔处留白。这湖北孝感的大藕制成的藕粉，颜色略带微红，据说是纯藕粉里的铁质和还原糖与空气接触氧化的缘故。钱红丽写从前在故乡芜湖吃熟藕，那木桶上方的一片白布："不知被洗了多少遍的，鹤一样的白，白马一样的白，白得耀眼的白，兀兀穷年的白……连时光都要愣住，轻轻退得远些。"还有糖粥。"除了糯米留在舌尖上的甜糯之外，藕粒尚黏牙，复而滚烫地一齐滑入胃囊，使得喝粥人坐在咯吱作响的小竹椅上的身体及时熨帖下来，背脊也起了汗意，忽而走在萧瑟的风里，不免抖擞了精神。"小城昔日的饱暖和煦，读了印象非常深刻。

找个小影院看《黄金时代》。朋友说，导演用多重视角和侧面叙事的手法，轻松绕开了萧红性格上的缺陷。如果用单一视角正面叙述，定然因种种矛盾而陷入尴尬。她是十分理性的女子，我却是容易被一些细枝末节打动的人。即便兵荒马乱流离失所，怀揣梦想的年轻人也会在新年的街头快乐相拥，有一处安静的客厅可供他们告解或者痴人说梦。重情惜才的大先生，在风雨夜里撑着伞把年轻的朋友送到弄堂口。

从来没有完美的人生，有的只是这些琐屑美好的枝节。

田园之心

有人在微博里写道:"菠菜可以吃了,蔷薇又开一茬,香椿叶子快落没了,地上的黑枣赶紧捡起来,收了蓍草的种子,用上了自家出产的丝瓜瓤,豆角摘出可以做一次焖面的份儿,而菜花正是最鲜嫩的时候。"我又把一直存着的朋友发来的短信翻出来读了一回:"晚饭后摘成熟的绿豆,天凉快些的时候可以挖番薯。今天把一些被台风吹倒的芝麻拔了。"秋天她果然送了我一堆香甜的红心番薯。去年她给我一袋毛豆,加水略煮撒点盐,细嚼之下有一股清香,不像菜场里的毛豆光鲜饱满滋味却寡淡。这豆子让我想起了鲁迅先生《社戏》里的情景,小船在两岸的豆麦和水草间穿行,月色、渔火和横笛,现摘的罗汉豆生火煮熟用手撮着吃。"我实在再没有吃到那夜似的好豆",这应该是实话,豆子的好滋味不一定是被记忆施了魔法的缘故。

和某君喝白葡萄酒,聊到法国,他说,很多人一提到法国就想起巴黎的香榭丽舍,其实法国人把自己的国家定义为农业国。他说他在法国乡间的时候,突然怀念起小时候家乡的景色，多年前江浙的农村，秋光里一望无际的棉花田，让人看了心里有种不明所以的感动。他的叙述很有镜头感：天空湛蓝高远，一个男孩在田野间奔跑，想看看远处的大树那头有什么，却只见到广阔的地平线。他告诉我，他参观的法国农庄，小块的土地才有栅栏，大的反而没有，地广人稀，栅栏成了不必要的摆设。这个妙人的客厅里，有一大枝法国带回来的迷迭香。我问他是否用迷迭香来给西餐调味，他笑着说："我煮小龙虾的时候掰了点叶子扔在锅里。"

友人发来一张黄色果子的照片，告诉我那是园林工人从棕榈树上剪下来的果子，她觉得扔了可惜抱回家插瓶，"把秋色带回家"。她家的葵花鹦鹉也很识货，慢慢将这把"秋色"悉数吃下肚。这鹦鹉我夏日里在朋友的花园里见过。起先它对我有点戒备，我一靠近，鹦鹉头顶嫩黄的冠羽就像扇子一样张开，据说这是不安的表示。后来，我带它在花园游荡，让它尝遍了月季花瓣、青涩的海棠果、金橘和杨梅之后，它便和我熟悉起来，心情好得在架子上跳起一段舞。我坐在它面前，它便用漆黑的眼睛肆无忌惮地盯着我看，屡次试图把我头上麦秸编的草帽抢走。把它放在葡萄架下，它立刻就用锐利的喙咬下一截葡萄藤，用一只爪子抓住，然后用嘴剥去葡萄藤的外皮，啄取其中的汁液。比牙签略粗的藤蔓，它三下两下就去了皮，动作比水果摊上削甘蔗皮的小贩更轻快熟练。我看得笑起来，心想和无关人等客套应酬，不如坐在葡萄架下的秋千上看一只俏丽调皮的鹦鹉。

鹦鹉的主人爱鸟，家里光是鹦鹉就有葵花、玄凤、牡丹、虎皮几种。画国画也是她的一大爱好。向她讨一幅白荷，这个执行力超强的人，隔天便把一幅白荷写意画快递过来了。她用墨勾了花朵晕染了荷叶，背景用的是钴蓝。用她的话来说，钴蓝能衬出白荷的沉静。她家楼梯拐角的一幅小品颇有文人画的味道，寥寥几颗枇杷果，在笔尖藤黄和赭石或深或浅的点染下，颜色有着微妙的分别，但每一颗都圆满自足。

归隐南山毕竟是个美梦，然而我却总有一点痴想：如果给我一小块菜地，我用它来种什么？菠菜、小白菜、茼蒿、红薯还是棉花？如果有一个院子，我想栽竹为篱，再种上玉兰、栀子、腊梅、柿子树和香橼。很多年了，这个梦一直搁在心里，念念不忘。

无事为花忙

在爱知大学当外教时,我住在一座僻静的小山上。

我的左邻右舍,都是喜爱花草树木的人。于是走出家门,透过篱笆欣赏邻居院子里的花草就成了习惯。郁金香的球根早在寒冬里就被爱美而心细的主妇埋下,春暖时抽芽、长叶,直到捧出酒杯形的花朵,白、粉红、大红、鹅黄,甚至有难得的深紫。艳丽的洋水仙零零散散地开在路边的斜坡上。牡丹种在大陶缸里,锦缎般的花朵确实要用厚实的黑陶才压得住。我在名古屋市的德川园看过千朵牡丹开满长廊,以至在其他季节去那儿,心里都会觉得有些寥落。瑞香辨识性极强的香气,即使隔着一道墙我也不会错认。瑞香是早春的花,在日本的庭院中十分常见,锦簇成团的瑞香,大多栽于松柏之前作点缀用。宋《清异录》记载了瑞香的由来:"庐山瑞香花,始缘一比丘,昼寝磐石上,梦中闻花香酷烈,及觉求得之,因名睡香。四方奇之,谓为花中祥瑞,遂名瑞香。"瑞香色香俱佳,然而这由来也只是传说罢了。宰予昼寝尚且令孔子动怒,何况比丘是受具足戒的出家人,主张"色即是空"的出家人,为浓烈的花香心动也是犯忌的事。

夏日里最喜欢去东山动植物园看鸢尾。鸢尾的花朵有种弱质纤纤的风韵，叶子却像短剑一般挺立着，花和叶截然不同的气质恰好互相平衡。鸢尾入画，日本人的杯碟茶碗、衣角裙裾、扇子屏风上，鸢尾随处可见。正午的植物园光线过于强烈，雍容工整的玫瑰看起来反而不如细弱的薰衣草和蓝色鼠尾草动人。绣球也是夏天的花。在缠绵不去的梅雨中，我不知拍过多少绣球花，白的、淡绿的、宝蓝的……山寺里、神社前、路边的花坛里。日本的空气洁净，被雨濡湿的绣球花球和阔大滴翠的绿叶明媚却不夸张，仿佛隐于市的佳人。

秋天，山坡上各色的菊花恣意开着，比开了七彩的针线铺子还热闹。邻居给挂果的葡萄串细心地罩上了透光的白纸袋，防的是馋嘴的鸟雀。下班路上看到隔壁的老人爬在梯子上摘柿子，停下来跟他打个招呼，提醒他还有好些在树上。他笑着说："我只是略摘几个在家做装饰。"好个"装饰"，原来这还是个风雅之人。对面人家院子里的红叶落了不扫，殷红地积了一地；金黄的柚子也不收，一直沉甸甸挂在枝头上。

冬天常见的是南天竹，串串朱红的果子给萧瑟的季节增添了一点亮色。隔壁人家的院落里粉红的茶梅开了。茶梅的植株虽然娇小，却开得端正灿烂。《花镜》里写茶梅："茶梅非梅花也，因其开于冬月，正众芳凋谢之候，若无此花点缀一二，则子月几虚度矣。其叶似山茶而小，花如鹅眼钱而色粉红，心深黄，亦有白花者，开最耐久，望之雅素可人。"再冷一些，山茶花也开了，日本人称山茶为"椿"。椿油提炼自山茶科的薮椿，除了食用和工业用途，还可用作护发、护肤品。老式椿油的包装，明黄的纸盒上印着两朵大红山茶，配着几枚油绿的叶子。我还见过一款以椿油为原料的护肤品广告画，一个眉眼细细的长发女子，乌云般的发鬓上簪一朵红山茶，极富东方情调。山茶花不怕冻，"腊前风物已知春"。

　　一年无事，只为花忙。

无心插柳

朋友发来一张照片,一时忘记煮的山芋,无声无息抽了藤,长出了几枚绿叶,于是索性放在一个粉蓝小钵里水养。后来她用毛笔,将这"盆景"画了下来:旁逸斜出的山芋藤上,微翘的嫩叶楚楚可爱。我在菜场里,偶尔也会见到卖菜人养在碗里的山芋苗,或者是水杯里长出洁白根须的洋葱。这样随手养活的植物总让我生出一点欢喜。以前的同事,人家送的水仙花球也不切割,烟灰缸灌上水就种上,居然也开得很好。初冬时节,牵牛的藤蔓已枯,到了该收种子的时节,有人却在微博里晒出牵牛花的照片。原来他夏天折了一枝来插瓶,日久生根。也许是室内暖和的缘故,牵牛居然反季开了新花。嫣红的花朵立在虬曲的枝蔓上,配月白釉鹅颈瓶,像萧瑟冬日里异乎寻常的梦境。

有时风吹或鸟雀携来的种子,会在阳台的花盆里落户。随着我家茉莉一同生长的,就有蒲公英、含羞草、红花酢浆草。山野之中也常有意外惊喜。近日买了一款云南凤庆的野生红茶。制茶人说前年与友人爬凤山,爬至最高处,发现一片林地里长着几百棵无人看管的茶树，当地人都说并非人工种植，而是长毛鼠拖来的茶籽散落自生的，生长年份不详。他采来制茶，成茶野气十足茶汤红亮，有股质朴的甘甜。

在名古屋客居时，公寓附近有家花店。盆栽都很好，却往往没主人插来自娱的那瓶非卖品好看。有时是大枝樱花，有时是一丛披拂而下的野菊，一捧南天竹殷红的果子，有一次竟然看到茶树的花朵，不是山茶或茶梅，而是真正的茶枝，油绿的叶子间点缀着皎白的花朵。去长野白马游玩时住的民宿，客厅里插着院子里剪来的野绣球。绣球花型大，适合长在野外山寺，在毫无矫饰的山野木屋里也很协调。窗台上的苔藓和蕨类植物，女主人说是山上挖来的。她擅长拍摄花草，有几幅作品得过当地摄影协会的奖。她对园艺栽培的植物兴趣不大，唯独喜欢拍山野里的草花，客店无人便背着照相机上山，那种闲适自足不知是天性使然，还是受了野草闲花的浸染。天好时她带我去湿地看花。野百合、水芭蕉的佛焰苞，遇水花瓣会变透明的不知名小花，至今仍历历在目。雨天窝在沙发上翻看她搜集的野花图鉴，颇有山中一日世上千年的恍惚之感。山上有个小咖啡馆，桌上玻璃瓶里的小花是店员每天清晨从野外采来的。这让我想起日本茶道茶室里的花，寥寥三两枝插在简朴的容器里，这些花草采自山野或自家庭院，因为温室和花店里的花不符合自然朴素的茶道精神。

英国作家珍妮特·温特森在《写在身体上》一书中有这样一段话："我去看了看我的向日葵，它们从容地生长，知道太阳总会照耀到身上，在恰当的时候恰当地取悦自己。很少有人能够像自然界的生物那样生活,从不过分努力,但也很少失败。我们不知道自己是谁,更不知道如何使自己的花朵开放。"无心之美,《圣经》里早就说得清清楚楚,野地里的百合花不种也不收,却比所罗门王最昌盛时更华贵。

心归山林

《小森林》这部片子我看了好几遍。春夏的果酱、甜酒，秋冬的核桃饭团、糖渍栗子，冬天的冻萝卜条吸引了很多人，悠闲专注地为自己煮食本身就是一件颇具美感的事。拍一部暖心的美食片，对日本人来说可谓轻车熟路。然而我喜欢这部片子，还有一个原因是它勾起了我对日本的回忆。2011年我在爱知大学当外教，学校坐落在一座小山上，校园旁边就是遍植树木和竹子的农地。我的周末例行节目，是骑着自行车一路经过闪着青光的水稻田到附近闲逛。《小森林》的片尾，是女主角市子在弯曲的山路上骑车的长镜头，我便是如此，衣服被风吹得鼓起，林木从身旁忽忽掠过，一路只听得自行车的轮胎与路面摩擦的"唰唰"声，自由得仿佛可以飞起来。

市子在乡间独居，一个人生活节省下来的时间和精力，不仅足以审视日常生活的美，而且可以用来自省，慢慢理顺、抚平内心的纠结和怨艾。大雪后的清晨，无须忧虑交通堵塞上班迟到的人，才有心思和余暇望着一半碧蓝一半黝黑的长空喟叹："我的心就像这天空一样。"独自吃一盘口感有异的菜，几经琢磨和尝试，终于发现那个屡屡被她抱怨不懂得变换菜式的母亲，日复一日在炒菜前剔掉了菜茎上的老筋，一饮一食既因天赐也承恩情。后来市子选择留在小村定居，她终于明白哪一种生活更能滋养她。她真是幸运，年轻时就想清了这个问题，那个笼罩在绿烟之中古风犹存的村庄，也未曾因城市化而变得面目全非。

我在微博里关注了一个在长江边种菜栽花的园艺师。他园子里的植物种类繁多，长在土里的苤萝和甜菜，堆在篮子里珠玉一般的嘉本纳葡萄，插在瓶子里的百合、芍药，香豌豆花……原来茄子还有彩色条纹的，不是浓墨重彩的紫，而是白紫相杂。四季豆除了墨绿的，也有彩色斑纹的品种。他传授的园艺知识也有趣。把芳香万寿菊和番茄种在一起，万寿菊的香味可以帮番茄驱虫。十月后花苞满枝的"夏菊"其实是秋天的花。桂花精油的萃取方法最独特，桂花香气无法通过蒸馏获得良好的还原度，唯一可行的办法只有古老的油脂法：桂花初开的时候在猪油上铺满桂花，吸附其香气，待到几天花败后再换上一拨新花。桂花花期短，如此反复三年方可获得高浓度的桂花油脂，然后再萃取桂花精油。他由衷喜爱那些给人类提供粮食和愉悦的植物，而不是借花咏志以致在抒情时用力过度。他说杭白菊用来冲泡味道真好，插瓶也好看，就是这样老老实实的想法。记得有个朋友说过，写不写诗无关紧要，活得有诗意才重要。

久居城市的人，并非有了断舍离的果敢与勇气，便能就此将自己连根拔起栽向南山。每一种生活方式的抉择，都有其背后的无奈与担当。《小森林》里，自然的严酷和日常劳作的单调辛苦随处可见。黄梅天一到，连木勺都会长出霉斑，田里的杂草一不小心就有了蔓延成灾的势头，卷心菜结球时遭雨水浸泡整个裂开，白粉蝶在菜苗刚长出来时就来捣乱。犁地、插秧、收割、扫烟囱，都是含糊不得的力气活。园艺师在微博里感叹，哪怕最简单的翻地也能把人累得够呛，而且必须一年数次反复折腾，只有心甘情愿才能支撑得下去。冬天，冷空气来袭的日子难免手忙脚乱，幼嫩的豌豆苗需要准备防寒措施，茶树和柠檬香茅也需要保护。连续的雨水让土壤泥泞不堪，不利于芍药扎根真是让人焦虑的事。

我认识一位非植物学出身的女子，分得清鸭跖草科里的饭包草、鸭跖草、竹节菜、杜若、铺地锦竹草、紫露草、紫鸭跖草、水竹叶和白雪姬，为了拍细裂叶松蒿专门跑一趟西藏林芝，久居闹市却有奇异的宁静之心。懂得沉入世界的细微之处取悦自己的人，这朵花与那一朵于她诚然有着微妙的差别。身边有个物欲平淡的爱山之人。路过东京新宿的纪伊国屋书店时，替他背回了一本名为《绝景山》的摄影集，书中搜罗了全世界最美的山色，又沉又贵的书，一向是出远门购物的禁忌，然而单看那封面图片就知道必定是他的心头好。图片上巍峨的雪峰被夕阳染红，闪烁着熔金般的光泽，犹如诸神在山的那边点亮的一盏灯，仿佛神迹即将开启。看《绝命海拔》这部根据真实事件改编的电影时，看着登山者为着登顶最后的几步路，不惜将自己永远留在珠峰上，我问他："这么危险，可是你仍然向往是吗？"他用力点头。让梦想的火苗在心里点着是件颇耗能的事，可见他对生活仍有莫大的热情和试探的勇气。爱好这块安放自我的自留地，多少能将一个人从虚无中打捞出来，触摸到那些实实在在的有温度的东西，消除一点荒凉之感。我和他说好日后一起爬山，到了山也爬不动的年纪，就把家安在某座山脚下的僻静之地。彼时恐怕没有了下地种田的体力，只能在房前屋后栽点花草。我能想到的地方，他都嫌人多。问他要偏僻到什么程度，他说："最好是至交好友想见上一面都觉得交通不便的地方。"如此避世，难怪一心只爱无言耸立的青山。如果真能归田园居，积累了半生的审美、阅历和生活技能也算知行合一，圆满地落到实处。

自然笔记

一年将尽,在网上看到的《自然笔记》相册做了美好的总结:三月,鹬鸟迁徙归来,出现在松花江的残冰上;五月,花盖梨盛开,蜂农带着蜂箱出现在东北的山林里,等待椴树花开;六月,一场夏雨之后,小蓟盛开,第一批草莓成熟;八月,遍植向日葵的田野由碧绿转为金黄;树影投射在红砖墙上;十月的山楂树举着簇簇傲人的红色果实;十一月,松鼠储粮,初雪,入冬……

拍下这些照片的是个北方姑娘。对季节流转的丰富感知,是北方人特有的优势。一位迁居广西北海的朋友曾叹息:"广西的花草树木长年绿着,时间长了真让人有些厌倦,有人说我奢侈,但我还是喜欢四季分明的北方。"相册的主人是个"自然人",这是我对喜欢跋山涉水,能断花识木的那一类人的称呼。一个跟在外婆身后采荠菜的幼童也许能识别几种野菜,但只有灵慧并且有了点生活经历的人,才能捕捉到潜藏在四季流转背后的欣然和惆怅,莺飞草长又一年。

美国著名的博物学家克莱尔·莱斯利写了一本《我的自然

笔记》，按月份撰写关于自然的日记。这让人愉快的书里既描绘了四季风光，还科普了许多关于动植物的常识，支了一些实用的妙招："你可以把香草、蔬菜和花卉种在一起，也可以分开来种。有一些花有驱虫的功效，种在你的蔬菜旁边，就等于种下了天然'农药'。例如，菊花的周围，日本金龟子就不敢靠近。旱金莲可以阻止瓜缘蝽的造访，而金盏菊的气味，也会令很多昆虫望而却步。"

2012年我去日本松山参观明治诗人正冈子规的旧居时，买了一套水彩画的明信片，折枝花草的水彩画配着子规的俳句。兰花、樱花、绣球、紫藤、桔梗、蜀葵、鸭跖草、女郎花、菊花、荻花、蓼花、山茶花、水仙和梅花，寥寥数笔却韵味悠长。这些画让我想起子规的散文《小园记》里的玫瑰、胡枝子、芒草、桔梗和雁来红。子规喜欢水彩画，去世前不久开始无师自通地画，病弱时把水果花木放在床边写生。这些明信片我按花时摆放在书架上，就当它们是四季花草图册。

好友沈君把阳台变成了小花园。他在笔记中细细描述："三月第十四天，阴午，杜鹃花开一百零九朵"；新买的百合"硕大而清香的白花谢了又开，今又有两花一苞矣"；而一盆繁密肥壮的不知名植物"像盛唐之后的晚唐余韵，但更应该说是像遗音重响，除肥茎和花盆可赏外，因了小小花叶的生机，遂觉生意可人"。他说写花草是对大自然的造物神奇"谨致追慕之意"，这爱花草的心思既热烈又恬静，读来真是动人。

我常常想，一天、一个月、一年，不过是人们依照自然规律给时间划分的一个单位。除了科学，我们也需要一些鲜活的证据来印证时间的流逝，一棵会落叶的树，一处残败的老建筑，一段曾经让彼此喜悦过的情感。最近刚读完的一本小说是以季节来分章节的，在每个章节中，又分小节，例如关于春天的故事分别以"夜樱""鹧鸪"和"梅雨"为题。作者在后记中写道："岁时更迭，最多情也兼是无情。我无意书写严肃的命题，无非只是照见自己，照见这一段岁月的路途。"其实时间本身已经是严肃的命题，"自然人"书写时间的方式，就是一年一年与山川草木欢喜相见，道一声"别来无恙"。

第四辑

花忆前身

陈茶与陈酿

小时候喝的乌龙茶是安溪铁观音。乌沉沉卷曲的茶叶，泡出来的茶汤带点青绿色。父亲买上一大包，装在深色的玻璃罐里，可以喝上很长一段时间。近些年才开始喝武夷岩茶。我去过武夷山的茶园，一垄一垄油绿的茶树分散在山岩的凹处和石缝边的土里，和平地茶园大异其趣。朋友送的陈年大红袍是反复烘焙过三趟的，茶叶呈乌黑的条索状，茶汤的滋味十分醇厚。一个人在雾霾的午后独享，心里隐约觉得有点罪过。经受时间洗礼的陈年物品，气韵不动声色地隐藏在黯沉黝黑的表象下，如同青铜和沉香。第一道沸水注入，碗盖沾上一点炭火味，等它一点点凉下去再嗅，却闻见一缕花香。岩茶的"岩骨花香"，冷着一段寂寥枯涩的心肠尝来正好。陈茶苦味略重，但回甘也特别足。

茶有"一年为茶，三年为药，七年为宝"之说。我的橱柜里，至今还藏着一盒母亲给我的"刺桐花"牌清源茶饼。从前中暑发烧，母亲总会在搪瓷杯里冲上一块茶饼让我喝下发汗。九二年出产的茶饼，打开纸盒依旧闻得到茶香和药气。薄得发脆的说明书上细细列出了复杂的配方：茶叶、砂仁、木香、槟榔、半夏、茯苓、藿香、知母、固子、泽泻、腹皮、白术、川芎、灵脂、乙金、柴胡、桔梗、黄芩、只壳、厚朴、小茴、香附、酒军、元胡。父亲是中医，这些好听的中药名，很多我都在父亲的处方笺上见过。茶饼不怕陈，说明书上写着"贮藏陈久效应更佳"。二十几年的茶果真成了宝，如今出门跋山涉水都会带几块在身边，以备中暑晕车之用。

春节回家和同学吃饭，有人神秘地拿出一瓶十全大补酒："洋酒你一定喝过不少，这个倒未必吧？"他说这酒停产很久了，这是特意开车到德化，托人从厂里的存货中找来的，平时一直藏在他家的地下车库里。记得父亲说过"十全"指的是泡酒的十味中药，党参、白术、茯苓、甘草、当归、川芎、白芍、地黄、黄芪和肉桂，我已经记不全了。十全大补酒是白酒，口感却绵软甘甜，不像一般烈性酒，入口一条直线凌厉地穿喉而下，仿佛着了火一般。容易入口的酒最不能掉以轻心。果然，半杯下肚，我诧异地发现自己的话开始多起来。小时候喝过的酒，多年以后终于隔山隔水又相见了。

闲来看博客，正巧有人写到陈酿。她说喝桂花陈酿，是要与爱之不得的人，一年只能见一次、想一次。桂花酿的力道，是封闭沉寂的瞬间爆发，仿佛隐藏的情绪，因为"爱不得"不能说破。一年喝一次桂花酿不难，难的是分寸的拿捏，一年如何只想一次？想念往往是猝不及防微妙的刺痛。也许她所说的想，不是一念触及，而是掏心放纵的想吧。深藏和破土，节制和深情，酿就心底一坛混合着花香和酒香的陈酿。

是枝裕和的影片《海街日记》里，香田家的长女尽管对母亲心有不满，母亲想卖掉祖屋时甚至直接出言顶撞，等母亲讪讪走出门，却拿着外婆酿了十年的梅子酒去车站送她。那棵老梅树简直就是老屋的灵魂。姐妹在廊檐上坐着，一边给梅子戳小孔入味一边闲话家常的画面宁静优美。人的一生中，总是有些好日子的。

草木香

草木花果的香,是季节流转隐形的记号。

春末的橘子花香得沁人。我很喜欢橘花的香味,洗浴和护肤用品,但凡有橘花香型的必定毫不犹豫地买下。在重庆乡下长大的朋友,说橘林开花时漫山遍野轰轰烈烈的香气,花期里果农最担心风吹雨打花落去,影响橘子一年的收成。栀子、白兰和茉莉在夏日的甜梦里挥洒着馥郁的香气。端午节人们在门框上悬挂艾草、菖蒲,楼道里艾草香盘桓不散。秋日里,总有那么几天,桂花香得人精神恍惚,风掠过树梢,桂米落得一地金屑。这样的天气里,人要是做出一点呆事傻事好像也情有可原。佛手清芬袭人,《红楼梦》里性格爽朗利落的探春喜欢佛手,秋爽斋里的佛手和米芾的《烟雨图》、颜鲁公的墨迹放在一处。如果天气足够干冷,佛手晒干了之后也是很好的香源,次年可以和檀香、陈皮、野菊花等一起缝制香包。有了腊梅的冷香,南方阴寒逼人的冬天变得不那么可憎。又净又酽的腊梅香,在扑面的寒气里遥遥闻见,让人顿时怅惘地起了一点出世的心思。小时候见过邻居把腊梅插在深蓝色瓷瓶里,棕褐色的木头桌子衬底，即便当时我只有那么一点薄弱的审美经验，也觉得非常好看。

晒干的花草一样让我流连。端午节，童涵春堂出售的熏燃药包里配了苍术、艾叶、藿香、白芷几味中药，焚烧起来烟气太重，于是将它们裹在纱布里放置在窗口。天气再热一点，加几剂菖蒲、佩兰、山奈、丁香和檀香就可以做成驱蚊香囊。冬天在卧室里挂的药草包，内填酸枣仁、薰衣草和茉莉干花，据说有安神除郁的效果，夜阑人静时，幽幽的草药香的确让人心静。中药的香气总让人联想到瓦罐里黑苦的药汁，像一个从来不善于甜言蜜语的人，却有着温厚含蓄的质地。

木香肃穆宁静。我有焚香的习惯。朋友去日本的高野山，给我带回一小盒檀香，香的主料是白檀，清幽的调子里掺着微苦的药香。产自印尼加里曼丹岛的沉香也好闻。那家小店开在巴厘岛上，檀香、沉香和椰木筷子随意摆放在一起卖，一看就是日常家用的东西。即便在一年四季游人如织的热带海岛上，店里的物品价格仍然十分公道，以至于我在心里将印尼盾和人民币换算了好几遍才敢相信。小店后院里立着两尊线条柔软、身材曼妙的佛像，和印尼人一样耳际簪花，身上有点点绿色苔痕，全无高高在上的姿态。在国内，这些年只要和"雅"沾点边的物件，价格狂飙是必然的。自从所谓的"香道"流行开来，沉香的价格自然更让人不敢问津了，就连从前开门七件事里的茶，不仅身价日渐矜贵，喝法也忸怩造作起来。如果找不出几个什么窑的杯盏，摆不出一桌茶席，简直不敢说自己会喝茶。

点线香的香盒，是多年前一个朋友在夜市上买来送我的。她说摊主做了两个，一个自用一个出售。盒盖上凿了八十一个小孔，想来费了不少功夫。沉香燃起的白烟从小孔里袅袅升起，仿佛有了生命一般。世间多少心事，默默燃烧过，最后只剩一段段灰白的余烬。那个朋友许久没有联系了，可是仍会断断续续得知她的消息，如同小说里的伏线一般。

香是植物的魂魄。草木花果之香，可以供养诸天菩萨，也是凡人日常生活里绵绵无尽的乐趣。

返魂香

擦了几天红花油,即便时时开窗透气,进出卧室的时候,总有略带辛辣的药味钻入鼻中。红花油的味道,从小就不陌生。闽南地处亚热带,蚊虫叮咬、风湿扭伤,红花油是家中常备良药。红花油的成分中有桂叶油、肉桂油、香茅油、松节油、辣椒油,难怪气味如此热辣。单是一味香茅油,味道已经很有辨识度。东南亚菜常用香茅调味,冬阴功汤里必有一味香茅,新鲜香茅煮水即成清凉饮料,加入香茅油的蜡烛有驱蚊效果。除了红花油,家里放药的抽屉里还有香港和兴白花油,主要成分包括桉叶油、熏衣草油、薄荷脑和冬绿油,蓝白两色的药盒,瓶身深蓝标签上印着一枝纤细素雅的白花。

日本爱知县的常滑市盛产陶瓷器。我去常滑时没买什么杯盘碗碟,闻见店里茶叶被烘暖的清香却买了个茶香炉。说来也怪,店家赠送的一小包茶叶明明是不适宜饮用的粗茶,香气却非常醇正。回国后我用毛峰、龙井、乌龙和祁门红茶试了又试,始终感觉不对。后来灵机一动,端午节拿它来烘艾叶,满屋都是艾叶的辛香,又没有直接焚烧的滚滚浓烟。我家的钟点阿姨是四川人,她说从前乡下常用艾草灰来治疗腹痛。朋友中也有喜欢艾草香的,我用透气的纸袋把艾叶分装,让他塞在书橱的角落里防虫。

《红楼梦》中涉及的香事细致繁复。宝钗的冷香丸的配方里,除了四时之药和四时之水外,还特地说明和尚给了一包"异常香气"的"没药"做引子。元妃省亲时,"园内各处,帐舞蟠龙,帘飞彩凤,金银焕彩,珠宝争辉,鼎焚百合之香,瓶插长春之蕊"。刘姥姥醉卧怡红院,袭人发现后"忙将当地大鼎内贮了三四把百合香,仍用罩子罩上"。袭人回家宝玉前去探望,袭人"向荷包内取出两个梅花香饼儿来,又将自己的手炉掀开焚上,仍盖好,放与宝玉怀内"。《中秋夜大观园即景》的联句中,黛玉和湘云有"香篆销金鼎,脂冰腻玉盆"的对句。宋代洪刍的《香谱》记载:"香篆,镂木以为之,以范香尘。为篆文,然于饮席或佛像前,往往有至二三尺径者。"第九十七回宝玉在婚礼上发现新人不是林妹妹,顿时旧病复发,家人慌忙满屋点起安息香来。安息香是青山安息或白叶安息的树干受伤后分泌的树脂,有开窍活血的作用,常用来治疗昏晕和心腹疼痛。

宋人陈敬编制的《陈氏香谱》里记载了一则文人雅事。某日,以画梅著称的华光长老派人将两幅新作送给黄庭坚,黄庭坚便与好友惠洪一起在灯下欣赏。望着绢素上雅致的梅影,黄庭坚不禁感叹此画让人仿佛置身于初春的梅林,唯一的遗憾是没有花香。惠洪当即笑着从随身包囊中取出一小粒香丸,焚于炉内。黄庭坚所栖宿的舟中随即浮起幽幽的梅香。原来,这款梅香的配方与工艺由韩琦府中创制，又经苏轼传给惠洪。黄庭坚闻言半玩笑半抱怨说，苏轼明知他有"香癖"却不曾告知，并为这种香品易名为"返魂梅"。

清少纳言的《枕草子》中，《七月的早晨》写的是男女相会后别离的情境。天未亮，下弦月依稀可见，房间的拉门敞开着，外面是光洁的走廊，雾气中的牵牛花上露水犹存。女子穿着淡紫色有光泽的绫织衣和熏香的单衣，浓红生绢的腰带低垂着。男子起身离去，急着赶回去写惜别的信。天色大亮后，男子托人送了信来，信上熏了香，随信还附着一把带露的胡枝子。晨露、草花、香气和爱别离都是人生转瞬即逝的华章。

药香

父亲是中医，小时候跟着他进出中药店，闻惯了草药神秘的香气，看惯了镶着古朴的铜把手、用端正的小楷写着药名的药柜。多年后，在一个有许多小抽屉的柜子前流连，直到同行的人不解地说："有什么好看？像个中药店里的柜子。"一语惊醒梦中人，原来我有这个情结。

对中药的好感，是从小在饮食中培养起来的。每次家里卤肉，父亲都会用纱布裹了中药材当调料包放在锅中一起煮，炖鸡汤要放几片黄芪，熬牛肉汤则是加当归，时常会有党参桂圆汤当茶饮。上火了喝点金银花茶，风热感冒也无须吞药片，吃几剂桑芽杭菊就好。每次打开中药包看见杭白菊，我总会拈出几朵细看。在小说里读到有人在菊花之乡，仓皇逃跑时带翻一箩箩晾晒的杭白菊的情节，想象着花朵漫天飞的情景，回忆之味像白菊般微苦又清香。有一次胃不舒服，父亲熬的药在炉子上咕嘟咕嘟冒着苦味，心想这药一定极苦，不料药快熬好的时候，父亲取出一个褐色的陶罐，用筷子挑出一团麦芽糖和进汤药里，金色的麦芽糖从筷尖缓缓下坠，我在一旁看呆了。小时候没有口香糖，但父亲偶尔会从药店带回一小包甘草让我嚼着玩。孩子大多嗜甜，有段时间他被借调到一个聋哑学校当校医，那些聪明伶俐却不能开口讲话的孩子们，常常来医务室找父亲，指着自己的喉咙"啊啊"几声，意思是喉痛需要开点甘草吃。无论真假，父亲总会微笑着递上一包甘草让他们满足地离去。甘草不仅有甜味，而且可以帮助一剂药中的主药发挥药性、减轻毒性，就像那些温柔敦厚的好人，消解了苦命人心里的怨毒和肿痛。

后来离开家，吃到有中药味的食物还是觉得亲切。某天和同事在长乐路上的一个小店吃中饭，两个人不约而同叫了四物汤，后来才知道她母亲也是医生。那样乌沉沉的一罐汤，喝不惯的人也许会眉头一皱："到底是喝汤还是喝药？"我们却觉得甘香。母亲给的一盒九二年的茶饼，一直藏在药柜深处。从前的大暑天，每天一小块茶饼搁在大搪瓷杯里用沸水冲，一家人可以喝上一天，即便在大太阳底下跑多了也不会中暑。

中药药性温和，调理治标需要极大的耐心。我住的小区里，有户人家的窗户里常年飘出微苦的药味。这沉沉的药香和晴日里人们用藤拍拍打棉被的声响，总让我生出一点温暖的怅惘。岁月无情，人和物都需要保养。以前常有人把中药渣倒在路口，老人们说路上人气旺，往来的人踩踏药渣能驱走病气。倒药渣的来历相传与华佗有关。神医偶然看见人家门口的中药渣，细看之下发现这服药的配方中有些药材下得不对，立刻敲开门说明来意并重新给病人开了服中药，很快病人就有了起色。此事一传开，人们纷纷效仿。我不赞同将药渣胡乱倒在路上，但如果真有懂药理的人仔细研究，或许也是真实可行的田野调查？

家里的茶香炉，烘药材比茶叶的时候多。闷热的夏季，从药店里买来苍术和白芷，放在茶香炉上烘，丝丝缕缕的药香立刻弥漫开来。端午节挂在门外的艾叶，晒干后烘出的香气十分好闻。清苦的药香，总让我想起宝玉给晴雯熬药时说的"药气比一切的花香、果子香都雅……这屋里我正想各色都齐了，就只少药香，如今恰好全了"。

无事闻闻药香，祛邪清心。

干物

植物的枝叶花果新鲜时可喜，经过风吹日晒火烤，则是另一番滋味。

菌子充分晒干后，香味变得十分饱满。家里常备的干货中，菌菇大多是来自云南哀牢山的山珍，黑牛肝菌有松林的气息；姬松茸略带杏仁香；见手青生吃有中毒的危险，据说恍惚间能看见小人跳舞，烘干了却很安全，散发出淡淡奶香；野生小香蕈瘦小却香气浓郁，是可遇不可求的珍品。生长在苔藓和松针栎叶中的野生菌有森林山野之味。干果我总在一家新疆喀什的网店购买。那里气候干热，葡萄直接搭在通风良好的砖房木架上晾干，杏干也只是日晒而成。晾晒后的葡萄和杏子不仅甜味浓缩，还有了一种绵长的回味。有时还能买到一种野生的小圆枣，因为是直接在枝头风干的，口感十分紧实。菜场里，我最喜欢逛的是干货摊。花椒、桂皮、大小茴香、香叶、草果、白芷、陈皮……丁香买的人不多，其实它不仅可以调味，还可以熏香。一把丁香密密刺入香橼里，果香和药香浓烈芳醇，挂在衣橱中既可熏香又防虫。整张的干荷叶，我常买回家蒸糯米饭，虽然没有新鲜荷叶煮粥那样好看的淡绿色，蒸出来的饭里仍有股淡淡的清气。品尝干货，总觉得吃的是去芜存菁的记忆，苦涩悲酸的都忘却了，只余温馨甜美，季节的琳琅风雨都成了自然的恩泽。

茶喝的是前世今生。经过人手采摘、揉捻、烘焙的茶叶，需要一杯水来还魂。栊翠庵的妙玉，用旧年蠲的雨水给贾母沏老君眉，后来给黛玉和宝钗喝的体己茶，用的则是存了五年玄墓蟠香寺收的梅花上的雪。这珍奇的水和"轻浮"的雨水的区别，连最风雅的黛玉都分辨不出。凡俗人等没有这样的讲究，但也知道龙井茶与虎跑泉水是绝佳的搭配。水的软硬和活性一定要与茶相宜，才能泡出一杯源清本正的茶。茶叶离了前世的山水，如同敏感的人来到了异乡，无论如何积极融入尽情舒展，都辨得出一丝复杂、分裂的酸涩惆怅，在回味之间生出身世的感叹。曾在朋友家喝过一回茶友自制的普洱茶，水是野外带回的山泉水。从酽酽的第一泡喝起，直到七八泡后仍未颓掉。最后主人将残茶用铁壶熬煮，众人分得的茶汤，居然喝出了桂圆般甜蜜的香味。主人说茶园里确实种了龙眼树，这余味是茶生态环境的反映，喝的正是土壤和植被的味道。

茶的奥妙还在于好心思。即使是同一批茶，器具、水温、手势甚至心情有异，泡出来的茶味和香气都不同。喜欢喝普洱生茶的人，自己设计了一款白瓷茶盏，敞口，斜直深弧壁，适合用来喝香味明显的生普。杯壁的形状角度一是为了留香持久，二是让沸腾的茶水能迅速降温，因为生普不必像滚热的乌龙茶那样小口品饮。有人追求的是美感和实用的统一，宾客齐聚时架炭火煮茶的一把大壶，堪比阿庆嫂手里可煮三江的铜壶。

一直以为茶只能热泡，后来发现冷泡茶也自成一味。绿茶冲入摄氏七十度左右的水，静置三十秒，然后迅速投入大量冰块，令茶叶和茶汤迅速降温。三分钟后徐徐倒入搁满冰块的玻璃杯内，茶色犹如陈年威士忌一般华美。这是杂志里关于冷泡茶的教程，据说茶味极清俊，直抵饮者灵魂深处。

梅干菜

冬天的下午,闻见砂锅里的梅干菜烧肉丝丝缕缕的香味,突然有了饥饿感。一把平淡的菜盐腌、日晒,何以蜕变出如此勾人的味道?这一直是让我百思不得其解的问题。鲁迅的《风波》中赵七爷说的"好香的干菜",就是梅干菜。《越中便览》中写到梅干菜:"有芥菜干、油菜干、白菜干之别。芥菜味鲜,油菜性平,白菜质嫩,用以烹鸭、烧肉别有风味……"在江浙的小城镇旅行,别的东西不动心,农妇在路边售卖的扎成小束的梅干菜或是成包的干菜末子则要买上一包。有时还能买到将梅干菜和笋一同烧煮、晒干而成的笋干菜。回家和带皮五花肉炖得油亮,就着它能吃两大碗饭,然而我只是粗暴地把它们混在锅里同炖,始终没有试过饭店里那种一层菜一层肉铺好再上笼蒸的精细做法。绍兴人说"乌干菜,白米饭",把梅干菜单独蒸软下饭,想来是天造地设的搭配。看到有个菜谱里介绍梅干菜大虾的做法,"让大虾浸入梅干菜汤里微微滚动",我立刻就想象到了干菜的香味在锅里和嘴里荡漾开来的美妙时刻。大学时常常在宿舍门口买梅干菜饼吃。椭圆的饼子贴在炉壁上烘熟,一层层的面撕开满是星星点点的干菜末子,迫不及待咬一口的馋相让卖饼的人看了发笑。有一次去乌镇,走过一座又一座石桥,看到路边的小店正在烘梅干菜饼,饼上还撒了一点碎的猪油渣,立即买了一个吃起来。同游的人说自己不吃猪油,看我吃得格外香,忍不住尝了一口,然后扭头回去买一个。

有个浙西的朋友回忆往事,说寄宿的中学里学生都带饭。家里有点钱的会放点肉混在梅干菜里面炒,炒出来的梅干菜乌黑发亮,而他家境差,梅干菜只能用菜油炒,干瘪泛黄难以下咽。梅干菜装在罐头玻璃瓶里,一瓶正好吃上一个星期。梅干菜吃得他很长一段时间恨意隐隐。不过人的感情就是奇怪,中年后的他竟然又怀念起干菜的味道来,偶尔给自己烧上一碗加足了五花肉的梅干菜,也算是一种心理补偿。他告诉我,梅干菜的制作方法相当费事。将芥菜或雪里蕻整棵割下,摊开自然风干两三天,再将散失了水分的菜洗净切小段,拌盐放在缸中压实腌制几天,取出沥干放在太阳底下暴晒,再入大锅蒸,最后还要将蒸过的梅干菜薄晒到干燥为止。腌制过头梅干菜会发酸,腌得不够又淡而无味。

同事是东阳人,回家的时候总不忘给我带点自家晒的梅干菜。扔在办公室的柜子里,当天忘了带回去,隔天整个柜子便飘起干菜香。后来干菜吃完了,闲聊时央她再带一点来,她黯然地说:"以前带给你的梅干菜是我舅舅家晒的。前不久我舅舅过世了,我舅妈也得了严重的类风湿性关节炎,手关节都变形了,人也佝偻着,要拄拐才能走路,不能再做干菜了。"我和她相对无言，明白那些变故和凄惶，因此无话可说。随后又想到另一个关于吃的伤感话题。朋友家请的保姆刚辞职，手忙脚乱时有位老太太来敲门。老太太烧的菜浓油赤酱，绝对有违她的健康原则，小儿却吃得眉开眼笑，一改往日挑食的毛病。谁知好景不长，有一天老太太的家人找上门来把她领走，这才知道她是个老年痴呆症患者，并非家政公司介绍的阿姨。朋友说，真像一场梦呢。上天给的好人和好东西，谁知道哪天又收了回去。

旧时物

家里已经有好几年不用洗洁精了，洗碗筷蔬果用的是茶籽粉，无污染又不伤手。茶籽粉所附的说明书中说它可用来洗发。于是小时候洗头的那一幕瞬间回到眼前：选一个有太阳的和暖日子，一大壶水烧开，先将茶籽饼敲碎泡在热水里，稍后就可以把一头长发浸在褐色的水中洗涤。茶籽饼和茶籽粉都是茶籽榨过茶油的渣，只是压制成饼和捣碎成粉的区别。洗好头，一边泡杯热茶喝，一边披着头发在阳光里晒晒，那样慢悠悠的节奏现在想来依然觉得享受。太阳暖暖地照在背上，没有什么事在身后追着赶着，对我来说好时光莫过于此。我喜欢闲散，麻利干活是为了省下时间来偷懒，继续无所事事。

另一种天然的清洁剂是无患子的果实，多年前捡来当肥皂用过。夏日里碧青的无患子，成熟后变成了黄褐色。无患子的果皮含有皂素，只要用水搓揉便能挤出泡沫。果皮剥开有淡淡的果香，套进纱布袋里就能用来洗发洗手、清洁水果和衣物了。若是考究一点，把果皮切碎加水熬成汁，静置冷却沉淀一段时间，过滤后的汁水装进瓶子里可以保存更长的时间。无患子水洗过的头发清爽润泽。

邻居用竹筐子晾晒泡过的茶叶,据说要收集起来做茶枕,真是温柔有耐心的人。以前父母也给我用茶叶填过枕芯,透气又清香。我记得家里还用过绿豆壳的枕头。绿豆被李时珍盛赞为"济世良谷"。根据中医的理论,绿豆味甘性寒,可消暑止渴,清热除烦。绿豆的清热之力在壳,解毒之功在肉,将绿豆壳晒干做枕芯,有明目、去火与降血压的作用。绿豆壳枕在头下,翻身时窸窸窣窣的脆响至今犹在耳边。近些年换过不少"七孔枕""记忆枕",总觉得过于柔软,很容易就睡塌了。后来朋友送我一个荞麦枕。枕芯里的荞麦壳是她从老家的市集上买来的。她叮嘱我每年将荞麦壳倒出来清洗晾晒。荞麦壳坚韧,既不像茶叶那么易碎,又没有绿豆壳那么硬。每次我把荞麦壳放在细网兜里洗净,摊在竹箩里晒太阳,心里都会生出一点暖意,仿佛回到了少年时,为纯粹的衣食住行做点踏实的小事。夏日里在朋友家里看到一对蓝染手织布的靠枕,主人说枕芯里填的是荞麦壳。那靠枕斜倚在一张磨得发出红光的竹躺椅上,有种难以形容的舒服惬意,感觉一靠上去就能睡个甜甜的午觉,将人世扰攘撇在一边。有人说家中若是没有一张舒服的旧椅子,简直没有灵魂可言。这个清凉的荞麦枕,便是这样安闲慵懒有灵气的物件。

喜欢旧物,在日常生活里被打磨、损耗过的老物件,柔和温润不带火气,即使有光芒,也是隐约朦胧的,像一天中最适于拍照的黄昏的光线。老宅黝黑的钩瓦、青石桌椅、刷洗得发白的红色方砖、乌沉沉的酸枝家具,这些都拆的拆,散的散,只能往记忆里去寻了。我疑心自己有什么遗留在了过去,一件旧时物就足以让我发上半天呆。

植物染

植物染一向是我的心头好。

某年夏天在日本热海的餐馆，一碗金黄的米饭放在托盘里端上来，询问之下才知道是栀子果染的。这碗金色的米饭至今难忘。一个人喜欢什么，往往就会遇着什么，对此我深信不疑。于是，不久我便在网上找到一个用栀子果染色的麻布包，色泽微黄如自来旧。其实栀子染的工艺并不复杂，新鲜的栀子果，捏碎浸泡过滤即可取染液，干栀子果用热水浸泡一夜，泡软后将果实剥开煮沸过滤也可。栀子果不必用媒染即可染出华丽的橙黄色，但栀子染不耐日照，适宜染一些室内用品，或者作为其他染材的底染。出于好奇查了资料，原来除了栀子，地黄、柘木、荩草、黄檗、黄栌、姜黄、郁金、虎杖也都是常用的黄色染料。"一切诏书，敕用黄纸"中的"黄纸"，就是黄檗的树皮、树枝煎成的黄檗汁加工染色的纸张。黄檗树皮含小檗碱，因此黄纸不仅不易虫蛀霉烂，而且有股特殊的清香。《史记》中记载："及名国万家之城，带郭千亩钟之田，若千亩卮茜，千畦姜韭：此其人皆与千户侯等。""卮"就是栀子,"茜"是茜草。茜草也是传统植物染中用得最多的染料之一。印染专家杜燕孙的《国产植物染料染色法》里说,栀子果含黄色素,染出色为明黄。茜草中主要含茜素,还有茜紫素和赝茜紫素,故而染出色始而为红,终而为黄。

植物染的原料种类繁多,例如茶叶、花卉、蔬菜、水果和木本植物的树皮、树根、茎和枝叶等。并非所有的色素都可轻易地染着在纤维上,纤维与色素的结合往往需要借助媒染剂。媒染的作用除了"发色",在一定程度上还可以起到"固色"作用。擅长用植物原料染色的朋友教我用洋葱的外皮染色。开始我以为是紫红的洋葱瓣,后来才知道是最外层的薄皮。半信半疑的我把黄而薄的洋葱皮下锅煮了半小时,果然出了一锅艳红的水,将一小块白布放入浸染片刻,就成了棕黄色。她常用五倍子染灰色、苏木染粉色、紫草染紫色。她说视线所及的花草树木她都会留意,心里总想染出来会是什么颜色。某日的风雨路上,看到一棵树落了一大块树皮在地上,她当宝一样抱回了家,全然不顾路人奇怪的眼神。路遇园林工人在修剪海桐,立即抱了一堆剪下的海桐枝叶回去,煮水后用硫酸铜、明矾和硫酸亚铁作媒染剂,染出了一叠草绿、灰绿和淡褐色的绢和麻布。

立秋之后,朋友送我一款靛蓝染布包,用的是大理靛蓝染料,颜色有点像牛仔裤的蓝灰。那样的蓝,立刻让我想起从前在人家阳台上看到的大幅蓝染的细麻帘子。有了这样一幅帘子,即便是在阳光下也可以做个清凉的梦了,或者就在帘下与人喝一杯淡茶,轻声闲话家常。友人殷殷叮嘱:染完后已经水洗过了，但是仍有细微的染料颗粒附着在布料表面，摸上去会有点沙沙的感觉，可用上一段时间后用清水手洗晾干，化学洗剂和过多的清洗是大忌，初用时最好不要穿浅色衣服。植物染在染色时上色、浓淡并不稳定，如果没有添加固色剂，清洗后日渐褪色是常有的事，这也是植物染逐渐被化学染替代的原因之一。

植物天然的色泽，即便浅淡、褪色也不改其美。然而一定要非常喜欢，才会这样不厌其烦吧。

纸恋

对纸的挑剔是从信纸开始的。大学时给朋友写信，用的是书展上买来的信纸，淡得近乎透明的蓝纸上，印着天蓝的写意画。那一段时间写的信，果然都属于忧郁的"蓝色时期"。后来发现新买来的文件夹中衬底的鸭蛋青A4纸，拿来写信也很适宜，折叠得有棱有角，塞入信封扔进邮筒里发出沉沉的声响。在南京路卖文房四宝的"朵云轩"见过绘有梅花图案的信笺，可惜价钱太贵，用小楷在上面赋诗应该是更好的用途。在东京时常去新宿一家叫"世界堂"的文具店，在堆满纸张、笔墨、石膏像的货架间流连，那里的纸张品种丰富得超乎我的想象，连洋葱皮和玉米衣做的纸都有。我买得最多的是一种叫"银松叶"的白色信纸，纸里嵌着一丝丝银白的草叶纤维，这考究和含蓄十分符合日本人的审美。

对于纸的迷恋，开始是纸张本身，后来慢慢扩展到造纸的工艺上。在云南腾冲，路过古法造宣纸的作坊，别人好奇地探一下头就走了，我却站在那里把柔韧美丽的手工纸摸了又摸，最终买下一大张宣纸作为收藏。这个小作坊沿袭的是《天工开物》里记载的造纸方法，以腾冲出产的构树皮为原料，树皮先浸泡一天，用石灰煮后漂净杂物，然后用木杵、石碓将树皮舂碎，把最细的部分挑出来放在抄纸缸用水搅拌成浆，用细竹帘抄起，帘子上就会附上雪白的一层，把竹帘翻扣在一叠纸上，晾干之后上面的树浆就变成了软白纸。据说画家徐悲鸿途经此地时曾买过这种宣纸，泼墨作画后赞不绝口，说腾宣的品质与宣城纸不相上下，而质地则更为紧实。后来我特地去了一趟腾冲的高黎贡手工造纸博物馆。这绿树环绕的小博物馆貌不惊人，建筑材料主要是杉木、竹子、火山石和手工纸。采光良好的博物馆里随意摆放着腾宣白纸、造纸的榨床、抄纸用的木水缸、用作造纸原料的构树皮、高秆白谷稻草和麻，桌上的大陶罐里插满枯树枝。腾冲靠近东南亚，这里的白棉纸因质地优良而被广泛用于佛教经文的传抄。腾宣的制作始于清代，鼎盛时期里许多人家都有自己的造纸良方和作坊，然而后来终不免被低成本的工业造纸所代替。

朋友是富春江人，她说幼年生活过的山上有成片的竹林，林中有造纸的作坊。小满前后，把山上的嫩竹砍成小段，削皮，用铁锤敲碎，成捆放入水塘和石灰一起浸泡。几天之后，把均匀浸泡过石灰的竹子煮熟磨碎，溶成纸浆，用竹帘抄起榨干水分，最后将湿纸一张张分开烘烤。成纸的颜色接近米黄，纸上依稀有竹帘的纹路。这种纸在北宋真宗时被选为御用文书纸，并在元日庙祭时用来书写祭文，也称"元书纸"。她说离家多年却忘不了造纸时林间竹子迷人的清香。

朱天文《世纪末的华丽》中，洗尽铅华的女子自创的再生纸制作法是将废纸撕碎浸泡，待胶质分离后，将纸片投入榨汁机打成糊状，平摊在滤网上晾干，夹入白棉布，外加报纸木板用擀面杖擀，最后用熨斗隔着棉布低温熨烫。这个方子我曾抄在笔记本上却从未实践过。手工造纸费时费力，然而令我着迷的恰恰是把坚硬的植物纤维，慢慢软化成一张纸的过程。草木是手工纸的前身，它们美丽的脉络和纹理，在手上摩挲时仿佛仍会呼吸。

忆旧食

　　南子常给我快递家乡的食材。春日里寄来的是葱头、木耳和面线。闽南人炝锅不喜姜和蒜，用的是小粒的红葱头。指甲盖大小的野生木耳，发开来竟是格外肥润的一大朵。一束束纤长的面线，拦腰系着红线，看上去十分缠绵。速速煮了一碗面线汤当早餐，想起从前搭配面线汤的油条，是用咸草打个活结拎回家的，不由得发了一阵呆。咸草扎青菜、鱼肉物尽其用，捆粽子又清香，可惜现在看不到了。夏初，南子给我挑了地瓜粉和地瓜干。超市里白得可疑的淀粉，我从来信不过，唯有颜色略暗、颗粒大小不一的地瓜粉，才可做出地道的肉羹汤。地瓜干掺在白米里烧粥，有种清甜的味道。南子说那是她在西街小巷里买的。古风犹存的西街，至今仍是泉州人买元宵、春饼皮子，盐腌橄榄和杨梅的好去处。

　　小时候常吃乌黑的杨梅脯，空口吃略咸，饮茶时含一颗在舌底正好。饮食油腻滞重，吃几颗杨梅脯有很好的消食作用。江浙人用杨梅烧酒治腹泻，应该是相同的药理。甜味的杨梅脯平常不易吃到，偶尔病中爽快地喝完一碗苦涩的汤药，父母才会从罐子里舀出一匙作为奖励。腌橄榄也是从前爱吃的零食，苍黄的橄榄上敷着一层雪白的盐霜，一粒可以咬上半天。大人们觉得太咸，我却觉得享受，也许是小孩多半喜欢重口味。我记得盐腌的橄榄有食疗的作用，有一次母亲打发我去买一包盐腌橄榄回家炖排骨，说是可以去除辛劳。亲戚从福州带来的拷扁橄榄那时是高级货，尤其是甘甜的檀香橄榄，但我始终念着街头小贩玻璃缸里敷着薄盐的橄榄。

南子发来一张老房子里爬藤植物的图片让我辨认，我一眼看出那是薜荔。从前的老宅后院里，爬满一墙的就是薜荔。《红楼梦》第十七回"大观园试才题对额"，贾政率众视察尚未完工的大观园，见到一处假山上爬满各种奇藤异草，说虽有趣却不大认识。有人说是薜荔藤萝，惯于杂学旁收的宝玉忙补充说这些之中有藤萝薜荔，但那香的是杜若和蘅芜，还有茞兰、清葛……结果被贾政一顿抢白。鲁迅的《从百草园到三味书屋》里"何首乌藤和木莲藤缠络着，木莲有莲房一般的果实"，这里的木莲就是薜荔。薜荔革质的绿叶油亮可爱，平日里总是被孩子们摘下来玩，后来才知道它的果子可以做凉粉。婶婶把薜荔果捣碎放入纱布袋里搓洗，倒入雪白的搪瓷盆里，很快便凝结成了淡褐色的膏体。对于平时很少有甜品吃的孩子，这凉粉不啻为一种意外惊喜，只是大人们未必有闲心做。薜荔凉粉的味道和石花膏有点像。石花膏的主要原料是生长在礁石上的海藻，名叫"石花菜"。把石花菜用大锅熬煮，再用纱布过滤，冷却后就成了晶莹透亮的石花膏。店家用刨刀将石花膏刮成细条，加两勺糖水或蜂蜜水，就是清凉消暑的甜点了。

西街至今仍有油甘果卖。油甘可用来治喉痛、咳嗽或消化不良。青的油甘入口酸涩，却有绵长的回甘。我在清源山曾见过野生的油甘，扁圆的果实密密长在枝头。油甘串成一串裹上糖浆，类似北方的糖葫芦，我们管它叫"油甘枝"。如今泉州街头卖油甘枝的人几乎见不到了。最近在网上看到一则消息，说有个卖油甘枝的中年人，一到夜晚便游走于各大饭店找人猜拳，输了就送人几串油甘枝，赢了得一点小钱，结果赢的居多，竟然也成了一门营生。他性格好，拳艺也高，食客们都乐意跟他玩上一把。油甘枝既标明了他行走江湖的身份，又像是上台必备的郑重道具，纷繁世界里的浪花浮蕊，各人有各人的活法。

我离开家后再也没见过油甘，偶尔回去也不好意思张罗这些零碎琐细的东西来吃，总觉得它们就像黎明前的一个短梦，明明就在眼前，却难以与人说起。而南子的牵念是悠悠长绳，那一头，系着我以为早已挥手作别的往昔。

问名

人最初的性情，应该是乐于接近花鸟鱼虫的。一个抱在怀里的婴儿，会在大人把笑脸凑上来时厌倦地掉过头去，却能全神贯注地盯上半天笼子里的鹦鹉或绿绣眼。一片树叶，一枚熟透了落在地上的银杏，都是他们爱不释手的宝贝。会走路的孩子多半对在草丛里抓虫子很感兴趣。飞蛾、蜘蛛、壁虎、甲虫这些让大人们心惊肉跳的东西，他们紧紧地捏在手里。我有一个朋友，家里各式各样的马克杯，后来都成了大小虫子的家，住满儿子的宠物。另一个朋友，拉着女儿在小区里闲逛，刚一松手，女儿一个箭步冲向前面那只比她还高大的斑点狗，搂住狗脖子企图骑上去，她该不会以为这就是一匹宝马吧？朱天心写过一本书叫《学飞的盟盟》，记载了女儿谢海盟儿时的趣事。盟盟小时候只要出一趟门，回家后口袋里必定沉甸甸地装满石子、花草树木的枝叶和果实。每次去中药店给盟盟买她大爱的海马干，母亲都不无尴尬地想，要不要跟人家解释这只是小女的玩具，而非壮阳的药物。

花花草草对许多人来说，就像理想主义一样遥远而无用。

他们也许叫得出路边的法国梧桐的名字，却误认为这就是制琴板的梧桐，更别说油桐和泡桐了。只要不在花期，桂花和茶花对他们来说毫无区别。朋友在回家的路上给我发短信，说在地铁站附近买了一束"节节高"，就是去年春节我也买过的那种，没染过色的。我说那是银柳。冯骥才曾写过一篇叫《船歌》的小说，故事中的银柳让我至今难忘：银柳是临别时她送给他的礼物，细长的枝条上缀满的银色花蕾，在黑夜里静静看来，就像永远落不到地面，悬在半空的白雪，永不败坏的奇迹。朋友爱花又好学，可惜常常遇上这些不合格的生意人。上次她来我家，带了一枝百子莲作为礼物，说卖花的人告诉她那叫"幸福花"。逛花店时，店员被问及牡丹和芍药如何辨认，信口开河说："牡丹是复瓣，芍药是单瓣。"我听得当场冷笑起来，越俎代庖向买花的陌生人科普一番，说牡丹是木本植物而芍药是草本，另外从叶子的形态也可以分辨。

  旅途中，我要是随口说出"这么多的酢浆草"，"没想到这里也能看到刺桐花"这样的话，不要说同行的游伴，就是见多识广的导游也会说："你怎么知道这些？"在水果摊上，刮一刮橘子皮或柚子皮，跟身边的人说："芸香科的果子就是好闻。"水果摊的老板以新奇的目光打量我，好像我在谈论的是远古的鸭嘴龙、暴龙，或者风神翼龙。当然，我也幸运地遇上过能谈果论木的可爱之人。在他的旅行札记中，我读到他的旧雨新知：栎树、鸭跖草、石蒜、紫薇、琼花、玉兰、夏枯草……那些草木在他的文字里继续开花结果，正如他所说的："好比一趟长长的旅程结束了，但归来草色犹在履，花香尚萦衣，人间情分，寸斯为美。"

书架上有本小书，闲来无事的时候就拿来翻一下。书里介绍的是颜色的分类和四季花木。原来，光是红色就能分成绛红、朱红、水红、石榴红、杜鹃红、芙蓉红、玫瑰红、高粱红、辣椒红、胭脂红、宝石红、珊瑚红、铁锈红、釉底红……春天的花草，有梅花、紫云英、酢浆草、辛夷、连翘……颜色花草，汇集成四季风景，人们吃的菜蔬、衣服上的染料和治病的良药，是我们了解这个世界和记取生活最初的线索。有人说识得青菜萝卜就好，毕竟在茶米事之外还有余暇有闲心了解花草的人并不多，然而人在实用之外总需要一点审美和趣味。既然人类多事给万物分类起名，问名和识别就是对世界起码的尊重。

知与见

不同地方的人在气质、饮食或者方言上的差异,是早就预想到的,有充分的思想准备。而对身边的草木,许多我以为是理所当然的存在,对别人却新奇无比。

在日本爱知县当外教的那一年,隔壁的北京女子入夏就催我陪她去东山植物园看鸢尾花。她说在北京没见过鸢尾,下次再见又不知几时。对绣球花她同样珍重,每次遇见都掏出相机,为了看绣球,我跟她跑了不少寺庙和神社。栀子是南方常见的花。夏天里在热海的一家小店吃饭,席上的米饭泛着好看的黄色光泽,细问之下才知道是用栀子的果实染的。我知道栀子果可以用来染布,但没想到可以食用。同去的北方女子听到"栀子"这个词,翻出电子词典查了半晌,脸上仍是茫然无知的神情。

有人向我描述家门口的槐树,说它含苞欲放时如握着的青白色的小拳头,盛开时又像簇拥着的铃铛,风起时叫人疑心随时会叮当作响,槐花晒干后放进茶水里入口满是氤氲的香气。"满树繁花,闪着银光;花朵缀满高树枝头,开上去,开上去,一直开到高空,让我立刻想到新疆天池上看到的白皑皑的万古雪峰。"这是季羡林笔下的槐花。台湾诗人纪弦也写过"这是全世界最美的一生,最珍奇,最可宝贵的一片,而又是最使人伤心,最使人流泪的一片,薄薄的,干的,浅灰黄色的槐树叶"。可惜我在闽南从未见过槐树,同样是豆科植物,我常见的是美丽的凤凰木。在上海街头我也没见过槐树,询问了园林专家,他说崇明岛上有洋槐,但国槐很少,因为它在上海长势不理想,成不了行道树,也许植物园和市区的公园里有几棵。在文字里无数次遥想过的槐树,后来终于在北京的街头得以一见。

东北来的同事告诉我她在水果摊上买了一小盒桑果吃,她说从前在小说中读过有关"桑葚"的情节,实物却是到了上海才见到。我说小时候嘴馋了会从树上摘了现吃。和她一起走到小区门口,我把地上被踩烂的桑果染得黑紫的印渍指给她看,她疑惑地说:"是谁把这么些桑果都撒落在这里?"我大笑着把手举过头顶,让她抬头看看南方人再熟悉不过的桑树。南方的孩子大多有过养蚕的经历。自家的桑树嫩叶采光了,就到同学家里去讨,小学时我几乎把全班同学的家都跑了个遍,一是借书看,一是采桑叶回家养蚕。至今看见人家屋前屋后的桑树,心里仍然觉得十分亲切。桑果从艳红一直吃到黑紫,直接从绿叶间摘下来塞进嘴里,酸酸甜甜的零食,虽不用花钱但也不敢太肆意,一是吃多了倒牙,二是万一不小心把白衬衫染上红渍回家难免被大人唠叨。我在日本买过一块小花布,印着天幕上的几朵彤云,下方是两三棵树,枝叶虽然染成了蓝色,与现实中的油绿有所不同，但从那卵形的叶子和枝叶间点点紫红的果实，依然辨认得出是桑树。最妙的是一根细枝丫末梢停着的蜻蜓，翅膀用白色的颜料绘出了透明感，仿佛随时会振翅飞去。这一幅桑树蜻蜓图勾起了我心里的一点乡愁。

世上的事物，大抵要亲眼见了才算认识，深入其中才能有所领会。对人描绘一种植物、一种香气或者氛围是一件千难万难的事。难怪有人这样感叹："某人在经过银幕街时说：'这就是你说走过时想起张爱玲的作品的地方？'解释是不容易的。怎样解释一所上海馆子的橙色灯光加上卖栗子的摊子加上洗衣铺的一缕缕蒸汽竟然会等于白流苏或潘汝良或王娇蕊的世界？"的确如此。

簪花意如何

古代女子簪花入诗入画。"三春已暮桃李伤，棠梨花白蔓菁黄。村中女儿争摘将，插刺头鬓相夸张"是乡野女子的天真烂漫；斜簪一枝"犹带彤霞晓露痕"的春花，意图与花比娇的李清照，爱俏之心虽然婉约了许多，到底是小儿女心态。唐代周昉的《簪花仕女图》，我曾在上海博物馆近距离欣赏过。华丽的牡丹和金步摇插在云鬓上丝毫不显得突兀，和仕女丰腴的体态、红色纱罗十分相配。可惜后来描摹女性和大好春光的题材日渐从画作中淡出，宋画开始走向了云烟苍茫的山水。

男子簪花也很常见。南宋周密《武林旧事》记载，在庆贺太上皇帝宋高宗八十华诞的御宴上，"自皇帝以至群臣禁卫吏卒，往来皆簪花"。南宋四大家之一的杨万里有诗为证："春色何须羯鼓催，君王元日领春回。牡丹芍药蔷薇朵，都向千官帽上开。"宋庆历年间，资政殿学士韩琦镇守淮南，后花园中有株芍药开了四朵奇花，花瓣上下都是红色，中间却有一圈黄蕊，如同围着一圈金腰带。韩琦设宴请王珪、王安石、陈升之三位贵客来观赏，席间把芍药剪下，四人各簪一枝。巧的是后来四人都位列宰相,芍药因此被称为"花相"。杜牧在《九日奇山登高》中写过"尘世难逢开口笑,菊花须插满头归"。陆游诗云:"春晴闲过野人家,邂逅诗人共晚茶。归见诸公问老子,为言满帽插梅花。""洛阳之俗,大抵好花。春时,城中无贵贱皆插花,虽负担者亦然。"连挑担的脚夫也插花,这是欧阳修在《洛阳牡丹记》中的记载。真性情的苏轼在吉祥寺赏了牡丹之后调侃自己:"人老簪花不自羞,花应羞上老人头。醉归扶路人应笑,十里珠帘半上钩。"黄庭坚的"醉里簪花倒著冠",有一种不拘礼俗的风流自赏。《水浒传》中有不少男子簪花的描写:阮小五出场"斜戴着一顶破头巾,鬓边插朵石榴花,披着一领旧布衫,露出胸前刺着的青郁郁的一个豹子来";杨雄亮相时,临江仙赞词说他"鬓边爱插翠芙蓉";燕青则"腰间斜插名人扇,鬓边常簪四季花";刽子手蔡庆更是"生来爱戴一枝花",因此得了"一枝花"的绰号。鲜花与草莽英雄相配,粗枝大叶倒也别有风味,是热辣市井鲜活生命的淋漓写照。

少数民族和古风浓郁之地至今保留着簪花的习俗。云南的傣族少女头上插花以示待字闺中。与惠安女、湄洲女并称福建三大渔女的蟳埔女,把头发绾成圆髻,周围用鲜花绕成数环,中间横插一根象牙筷子。她们簪的花因季节不同而变换着颜色:洁白的素馨、金黄的山菊、鹅黄的含笑、深红的月季……花朵簪在浓密的发上,高调张扬又率真。鸡蛋花的香味甜润柔和,东南亚国家的人时常将它戴在鬓边,夏威夷人喜欢把鸡蛋花串成花环佩戴。我在印尼巴厘岛的海神庙旁,见过不少耳际簪着鸡蛋花的当地人。可惜我所在的城市里,人们即使手捧一束鲜花走在大街上,表情也是不太自然的,脸上似乎带着一点自嘲的笑意。缺乏仪式感和自在欢喜,羞于簪花和盛装的女子,最多也就是在路边买上一串白兰花或茉莉,别在衣襟上。回到家讪讪摘下,隔一夜花朵都成了铁锈色。

愿不愿种花

记得顾城有首短诗:"你不愿意种花,你说,我不愿看见它一点点凋落。是的,为了避免结束,你避免了一切开始。"过于清醒多情的人岂止不愿亲手种花,连鲜切花都不敢买,第一天真的满室生辉,但第二天第三天花朵会迅速憔悴,原本娇艳的花瓣镶上一道绣边。再接下来,即使你天天换水,空气里还是有一丝丝腐朽的气味。这时候扔也不是不扔也不是,真让人手足无措。有人说他不看樱花,不是不喜欢,而是樱花关乎美和时间的流逝,一去永不再来,若在书里读来也许没有太大感触,一旦站在樱树下的飞花里,刹那芳华让人感慨碌碌尘世的空落。我觉得他是思乡情动,便劝慰他说樱花落了还有蔷薇、海棠、绣球、榴花……记得北宋词人蒋捷在《解佩令》里写过:"梅花风小。杏花风小。海棠风、蓦地寒峭。岁岁春光,被二十四风吹老。楝花风、尔且慢到。"二十四番花信风,梅花始而楝花终。

人同此心。那些经典悲剧我常常只看一半,心里太清楚接下来要发生什么,不想再一次沉溺于无谓的悲伤。电影《霸王别姬》，第二次看时只到段小楼和程蝶衣刚成名的那一段就打住，穷熬过去了，苦也熬过去了，郎情妾意正甜蜜，国仇家恨的阴云都还在半路上，真是再理想也没有了，接下来的情节太令人唏嘘。《八月照相馆》，也是看到男主角的病情还没有加重的时候。后来，知道自己的病不会好了，大男人也怕得哭出来，不再向往爱情，停止每天的忙碌和交际，照相馆的主人最后可以做的，不过是端坐在灯下，为自己拍一张遗照，而且要像平时吩咐顾客做的那样，牵动嘴角笑一笑。人生寂寞至此，这样的情节看一遍已经足够。

这种知道接下来会怎样的清醒，有时真是一种困扰。有一次和一个医生朋友出去玩，看她洗手，反反复复足足洗了三分钟，我笑她怕死，她坦白说："是的，我们当医生的，生了病，比一般病人清楚接下来病情会如何发展、恶化，会有什么后遗症，所以从某种意义上来说，我们比普通人更害怕。"在网上看到一篇介绍忧郁症的文章，说那些忧郁症患者自杀的时候，其实不是最糟糕的时期，那时身体如同一堆烂泥，连肌肉都不听使唤，洗澡都有问题，根本没有自杀的可能。要等到过了这个阶段，又恢复了常人的意志和体能，清楚这种光明只是暂时的，而病魔还是会来犯，地狱般的痛苦，不但自己受罪，身边的人也无法安然度日，最后除了血亲谁都会因忍受不了而离去。这时，那种受过折磨的恐怖经验让他们产生了自行了断的念头。

"我不愿种花"的情怀正是少年人的敏感绝对。明白花会凋事会残，这样的清醒让人惶恐、脆弱，心中嗒然若失。然而，就像《圣经》里说的："凡事都有定期，天下万物都有定时。生有时，死有时；栽种有时，拔出所栽种的也有时；杀戮有时，医治有时；拆毁有时，建造有时；哭有时，笑有时；哀恸有时，跳舞有时……神造万物，各按其时成为美好，又将永生安置在世人心里。然而，神从始至终的作为，人不能参透。"这一朵花谢了，那一朵花又会开，生息荣枯随顺天意，花如此，人亦当如此。

村上与蔬果

读了村上春树的《大萝卜和难挑的鳄梨》。原来《大萝卜》和《难挑的鳄梨》分别是这本随笔集中的两篇文章。如果村上没有这么出名,这本书的上架建议,恐怕就要归到蔬果农业一类去了吧。不过只要名气够大,书名再怎么奇怪或平淡都不愁销路。随笔这种东西看似简单,却处处流露作者的性情、见解和学识,即便一闪而过,如火车车窗外泛着青光的水稻田,也能让人领略到一点田园风景。"微不足道的小插曲、小知识、小记忆、个人的世界观",这些写小说没有用完的材料,村上拿来写了随笔。无可无不可的内容,作者写得随意,读者看得轻松,真是美事一桩。

我常常想,这个离群索居的家伙真懂得生活。村上春树没有在随笔里吹嘘自己的小说和马拉松,却津津有味地写了许多蔬果和菜谱。他说自己会手拿装着樱桃的纸袋,一边悠然地吃,一边漫步街头,坐车,看电影。村上喜欢吃素,也常自己下厨,在超市里将蔬菜拿在手里,心情便跃跃欲试起来。鳄梨可以做寿司卷,或者和黄瓜、洋葱拌匀,浇上姜汁沙拉酱做沙拉。卷心菜在沸水里轻轻一焯，再配上凤尾鱼做个意面酱汁，放上油炸豆腐做味噌汤，或者切成细丝生吃似乎也不赖。唯有卷心菜肉卷不会列入考虑的范围，村上年轻时经营过饮食店，日复一日做过不计其数的卷心菜肉卷。

村上讲究口味。他坚持凯撒沙拉必须要用脆嫩水灵的长叶生菜，圆叶生菜和红叶生菜完全难以下咽，调料则要用上等橄榄油、蒜末、柠檬汁、英式辣酱油和葡萄酒醋。民间故事里的大萝卜，小老鼠加入后终于从土里拔出来了。村上不去考虑它的寓意，只担心大萝卜味道不好，因为以他个人的经验来看，发育异常、长得过大的蔬菜大多滋味平平。世上有许多难事，村上觉得最大的难题恐怕就是预言鳄梨的成熟期，因为无论是端详还是触摸，从外观上都弄不清它是否能吃了。"应该让全世界最优秀的学者齐聚一堂，搞个'鳄梨成熟期预测智库'"。看到这里我忍不住笑了起来。不过高手在民间，村上在夏威夷写小说的时候，在一个小镇上遇到过一个有"特异功能"的老婆婆，她对鳄梨成熟度的预测，准确得让人讶异。

村上的小说《奇鸟行状录》开头就有这样一段文字："将薄牛肉片和洋葱、青椒、豆芽推进中国式铁锅用猛火混炒，再撒上细盐、胡椒粉，浇上酱油，最后淋上啤酒即可。我在厨房里切面包夹黄油和芥末，再夹进西红柿片和奶酪片……"《舞舞舞》里的主角晚餐菜谱如下：先切点大蒜用橄榄油文火炒，加上红辣椒，在苦味尚未出现时将大蒜和辣椒取出，火腿切成片放进油里炒，然后把煮好的细面条倒入搅拌，撒上一层切得细细的香菜。再加一个清淡爽口的西红柿奶酪沙拉。

《大萝卜和难挑的鳄梨》里有篇《蔬菜的心情》。村上看过一部电影,其中有个老人说过一句这样的台词:"不追求梦想的人生,就跟蔬菜一个样儿。"村上喜欢这部风格散漫的影片,唯独不同意老先生关于蔬菜的论断。"细想起来,蔬菜其实也算得上种类繁多,当中一定会有形形色色的蔬菜心灵,形形色色的蔬菜情由。"

村上的随笔,出彩的并非技艺,而是日常烟火里的天真烂漫。

其趣

那些职业和兴趣爱好毫无关系，在理性和感性之间找到微妙平衡的人总是让我赞叹。这样说吧，出门唱歌回家弹琴的人是我的兄弟，出门唱歌回家却挽起袖子自己动手打一件木头家具的人是我的爱人。

A君，公务员，上班只做官样文章，可是在家里的书房却写着花草树木和光影声色。"生活是这样的美，又是这样的残缺，这样的流逝不居，这样的天意和人情各行其道。家常日子，阳台的小小风景，使人在片刻间像回到故园的春夜，那时雨湿少年身，杜鹃花日子。""因为纸是树做的，所以应该通过记忆叙述，'用纸笔回报花木'……人，哪能真正回报得了花木呢？纵有所得，也还是为我自己：总算尽了一点心意的欣慰。"他出过许多写花草的书，其中有一本《闲花》，淡蓝的封面上印着画家冷冰川的画作《让闲花先开》。黑色底子上刻着细致的白色线条草花，仿佛要长到无涯的虚空里去，既一派繁盛又兀自清冷。爱花之人，在书房、旅行途中，甚至电影和流行歌里，细细分辨和考证花草果木，回味"植物型情感"，对大自然的造物神奇"谨致追慕之意"。许多文章结集前我早已读过,那些花草般热烈而恬静的心绪于我并不陌生。

B君,公务员,总觉得他忙得没节假日没余暇,他却有本事一家一家探访寺庙、实地拍摄、查资料作考证,并且出了书。按照他的说法,烟酒不沾、不喜应酬,就是喜欢跑庙。闲聊时说起去年夏天去过大觉寺,他便说起大觉寺的玉兰、法源寺的丁香和崇效寺的牡丹。果然,他在书里写道:"一棵三百多岁的白玉兰树,十米多高的树冠上每到花开时节花冠如拳,花香袭人。"案牍劳形和黄卷青灯真是奇异的对照。

C君,律师事务所合伙人,画得一手洒脱漂亮的国画。在微博里窥见她一会儿一幅泼墨写意,真是又羡慕又诧异,这家伙的时间和激情为何总是用之不竭?她家里挂的一幅枇杷,是她心情和岁月的写照,明亮饱满,镀着初夏阳光的暖意和色泽。为了看荷画荷,她一个夏天跑了人民公园、辰山植物园、顾村公园、西湖和圆明园。她画的白荷孤傲红荷洒脱,笔下如有泱泱水汽。家中十几只鸟都是她一人服侍,作画时唰唰几笔,禽鸟的姿态羽毛全都出来了,浓淡枯湿处理得胸有成竹。有一幅静物,画的是瓶中花,花朵用钴蓝的颜料点染,让我想起江南潮湿的梅雨天,想起我们一起在复旦园里朗诵过的《黄梅雨季》:"她倚在被雨打湿的窗台上/一遍一遍地想她的北方/想她蓝莹莹的北方/想她白闪闪的北方……她湖蓝色的裙子在南方的晨风中无比轻柔地飘动/她老是把她的裙子想象成一张湖蓝色的帆/而她就乘着这张帆/飘过高山飘过大海/飘回北方去……"

人和人的缘分很奇妙，非亲非故却相投的人，内心里总有些相似之处。慢慢地，我发觉自己喜欢的，时常接触的，都不是一身俗骨的人。一朵花，一畦豆，就能让他们快活起来。他们用好奇而怜惜的视线追逐着地上的草木，固执地维护着自己的一点天真。这种活法看上去简单，实则需要一点闲心，不那么工于算计，然后才有了清静和欢喜。

看青

我一直在想，为什么樱花如此让人痴狂？象牙白、淡粉的花树，衬着蓝天映着水面，如云似锦。半透明的花瓣缓缓飘落，仿佛风吹细雪，一阵一阵。樱花是纯观赏植物，与结出殷红果子的樱桃花不同，它只负责制造美，一年一度转瞬即逝。樱花的美，是带着三分孝的俏丽，静默无声的风流，大红大紫反而煞风景。必须是如此纤薄脆弱，花期短暂的花朵，才能让人驻足流连吧？厚重、硕大的花，从树顶跌落，砸在地上发出响亮的"啪啪"声，比如木棉，虽然有一种烈性的美，却不致让人伤感。

匆匆萎谢的樱花，总让我想起那些光芒炽烈却容易燃烧殆尽的艺术家和他们多情、敏感、脆弱的灵魂。激情和才华，对他们来说既是上天的馈赠也是折磨，于后世的人却是滤去了毒素的甜蜜。梵高如果只是个满足于给人画几幅肖像养家糊口的平庸画匠，也许不至于贫病交加地死去，但热烈癫狂的《向日葵》《麦田》和《星空》也就不存在。写下"我更爱你倍受摧残的容颜"的杜拉斯，后来把自己的生活过得一团糟，她不是把文艺和现实生活分开，冷静、有条理地生活的女人，但才气和文笔难以超越。根据真人真事改编的电影《闪亮的日子》里的钢琴家，徒有一手绝技却患了精神分裂症。潦倒的他偶然来到一个酒吧，坐在钢琴前脸上忽然焕发出光彩，只弹了一小段曲子喧闹的酒吧就安静了下来。看着这个嘴角含着香烟、眼神略带腼腆却又难掩得意的中年人还真是让人心酸。

然而世间毕竟平凡的人多。喜欢种花的友人告诉我，她家栽种的都是些耐看的植物。花开的时候欣喜，但花期毕竟有限，一年中大部分时间其实是要看着叶子度过的，因此叶子好看也很重要。我在网上看过她贴出来的盆栽，青绿的枝叶形态舒展优美。她种橘树、金银花和米兰，在山水小盆景里耐心地养着一小片绿苔。春日里我带她到校园里看鸢尾花，她说鸢尾的花朵入画，但叶子却乏善可陈；玫瑰也是同理，花虽好叶子却没什么看头，即使是茶花油亮的叶子也比玫瑰叶强。她把欣赏绿叶称为"看青"，先前只懂得看花的我，被她提点着开始留意无花也自足的绿叶。

巧的是最近买到的一本书，就是用平实的眼光来写花草的。作者在皖南农村长大，她写葛："它是豆科的植物，常匍匐生于道边杉木林下，或小山坡上，有时便披披挂挂缠绕到树上去。其叶青而密，一柄分结三片，形如手掌，微微长一层白毛，夏天时开成穗的如豌豆花般的紫花。"文章以《诗经》里与葛有关的诗句开头，却没有把葛往文学的方向引，也没有企图编织一个田园梦，只是记录少年时熟悉的身边事物，平淡而有心，应该是懂得看青的人。

都说"各花入各眼",可是大约没有什么人会讨厌绿叶。《红楼梦》中的李纨就是一个很好的例子。曹雪芹没有正面描写过她的容貌,也没人注意她穿过什么华服。大观园里遍植奇花香草,可是她居住的"稻香村"却是杏花和佳蔬菜花。李纨不擅诗文,没有张扬的个性,但谦逊自制,懂得理解和体恤人。一大家子人都尊重她,园子里的年轻人结诗社也要请她牵头。生活中有很多这样的人,他们很少高谈阔论,对世事却有着深入的体会。

无花时看青,绿叶是种花人长日寂寂里的良伴。

插图本

今年春夏买的书大多是关于草木的,更可喜的是书中皆附图,我对图画的兴趣一向不亚于文字。

《植物名实图考》是清代学者吴其濬编纂的,这次以原刻为底本影印的版本,一套共八册。捧在手里虽然有点重,可是闲来翻上几页真是不错的消遣。书中收录的植物都有墨线绘的插图。细细看来,原来胡麻的叶子舒展如手掌;薏苡的叶子由阔心形渐渐收窄至尖端,叶脉明显;花梗细弱的繁缕姿态楚楚。关于"赤小豆",书中记载如下:"赤小豆/本经中品/古以为辟瘟良药/俗亦为馄沙馅/色黯而紫/医肆以相思子半红半黑者充之/殊误人病。"严谨的植物学专著,文字俭省,该说的却都说清了。

一本母亲给女儿画的绘本。其实我对这样的题材颇为警惕,用力过度的母爱往往有抒情泛滥的嫌疑。不过,这本书节制得让我有点意外。作者用简单的线条画下的石阶缝隙里的蓼花、野地里的狗尾草、牛筋草和蛇莓,看着真是亲切。阿拉伯婆婆纳画得纤长可爱,还不忘标出花瓣上放射状的深蓝色条纹。熟透的杏子，果皮上点染着红晕和淡淡的斑点，杏核闪着微光。看了这本书的人也许会在心里嘀咕：小孩子不去什么学前班，就这么摘摘紫茉莉结的"小地雷"，把楝树的果实塞在口袋里带回家也挺好的。日后孩子们长大成人，也会自然地蹲下，教别人识别身边那些看着眼熟却叫不出名字的花草。

一本随笔。作者爱花，于是写了一本给植物的情书。书里的插图都是彩色的手绘图，风格类似手绘植物图谱，多数图画不仅画出了植株的形态，还附着花朵和果实的解剖图，图下有小段的文字介绍，简洁明了。重瓣的红蔷薇，品种不知是否是她最喜欢的荷花蔷薇类的"大红袍"，她说自己一看到大片的蔷薇就有泪意。披拂柔曼的紫藤花，在那篇名为《藤蔓的阴影》里，其实写紫藤本身的篇幅并不长，只是结尾着实让人羡慕："我家的各种藤蔓在经历了多年静谧而缓慢的成长之后，早就从楼上垂拂到楼下卧室的窗口上了。午睡的时候，我拉上纱帘，藤蔓的影子透进来，筛在墙上。这个时候似乎总是有风，藤与叶的影子微微荡漾，仿佛水中的景致。在这种情态下，不好好地做个白日梦，实在是一种辜负啊。"书里西番莲淡绿色的花朵于我很有亲切感，少年时老家院子里种过西番莲，种子是一位漳州热带植物研究所的朋友给的。西番莲的绿藤爬满厨房外墙，花开的时候邻居们好奇地过来观看。

另一本也是随笔，读到一半发现这个一边开冰淇淋店一边写故事的女子，原来是中央美院的毕业生。书里的插图都是她自己的作品。她画颜色鲜亮的桉树叶、重瓣扶桑、毛杜鹃、红花檵木、尖椒，甚至果实揉碎有恶臭的鸡矢藤，唯有一幅萝卜是素描，其中那个大萝卜上有一道明显的裂缝，让我蓦然想起诗人莱昂纳德·科恩的"万物皆有裂痕，那是光进来的地方"。这些图画与她的叙事并没有什么关系，可放在书里并不显得突兀。这个患有忧郁症的人，文风却轻快温暖。植物无疑能让人安神，心神柔和下来，焦虑也就放在了一边。她为萝卜写的说明，末一句是"好吃"。的确，一道幽深的裂缝，不仅影响不了萝卜的好滋味，还为它添上了几分真实感。

看画记

上海的田子坊有一家店，专卖印制的仿真古画。和朋友一起去逛，有人一眼看中南宋吴炳的《嘉禾草虫图》。画面上两株田间水稻，成串的稻穗已经熟透，俯首低垂。蜻蜓栖息在稻叶上，蝴蝶和花虻兀自在空中飞舞。她居住在城市边缘，可以看见这样的乡间美景，这样一幅精致的彩绘挂在她家客厅也非常适宜。吴炳善画工笔花草，笔下的山茶、莲花、绛桃、折枝芍药、鸡冠花、玫瑰和水仙都生动有神。有人挑了清代石涛的《桃花图》。我总觉得桃花开起来过分热闹，然而这幅画却给我秀逸含蓄的感觉。桃花的花朵和枝叶完全不加勾勒，设色柔和清丽。题画诗云："度索山光醉月华，碧空无际染朝霞。东风得意乘消息，变作夭桃世上花。"石涛曾在《题桃花册》里写过"笔含春雨写桃花"，这桃花果然有雨湿的润泽。

我喜欢文徵明的《桃源问津图》和宋徽宗的《梅花绣眼图》卷轴。《桃源问津图》里层峦叠嶂，屋舍房宇掩映在树木间，妇人携幼童拄杖站在院篱门口，草堂内的男子席地而坐。

桃花源的题材文徵明画过不少，有人说他遥想桃源实际上是对家乡苏州的怀念。《桃源问津图》的画境没有云岚仙气，只是平凡的人间景色，然而那些姿态各异的树木、线条清秀的山峦、屋舍和人物让人看了心里异常安静。我把它挂在书桌前，抬头端详的时候便想起不知哪本书里看来的一句"心如宋明山水"。山水易见，静谧之心难得。《梅花绣眼图》布局十分简单，梅枝瘦劲，枝上的梅花疏疏落落，一只绣眼倒是很精神。这卷轴装裱得很妙，画心不在正中位置而是略偏下，镶纸的颜色接近于画心的浅褐，仔细看又有一点绿在其中，像南方深秋草坪的颜色。

某天逛画廊，在一堆五彩的装饰画旁边，发现了一幅小小的水墨，宣纸已微微泛黄，但画上的那条鱼气韵生动，上款用行书题着"引张翰秋思"。原来是秋风乍起，引得张翰思念吴中的鲈鱼。这可是来头不小的一条鱼。《世说新语》里，张翰"见秋风起，因思吴中菰菜羹、鲈鱼脍"，感叹"人生贵得适意尔，何能羁宦数千里以要名爵"，辞官回乡去了。如果真的是为菰菜鲈鱼，张翰果然是个率真不羁的人，如果只是托词，也足够聪明体面。有人说"菰鲈之思"只是张翰退隐自救的借口，我却愿意相信为乡思与自在放弃身外荣华的传说。性情中人心里的鲈鱼，的确是入诗入画的一抹秋思。

花鸟鱼虫在自然里看，是有生趣的活物，在画境里看又是另一番意趣。高手的技艺当然不用说，更让人惊叹的是眼界和心气。画家陈丹青说他见过一幅水彩画，"每片树叶，每根草，远远近近，大小粗细，全都画出来，好看极了，一点不繁乱，不枝蔓，生气勃勃，有种天然的均衡感……"那些平日里见惯了的花鸟定格在纸上，既熟悉又出人意表；既天真又沧桑，简直称得上是奇迹。

淡彩

看了一组法国画家的铅笔淡彩,题材是一年十二个月的食物。每一幅不过寥寥数笔,却像花了心思的日子一样有味。一月有银色的海鲈鱼、土豆、芥末和柠檬;三月的墨绿橄榄油瓶闪着微光;五月是两束微胖的绿芦笋和白芦笋,淡紫的小萝卜上簪着绿缨子,一旁的玻璃瓶里插了两枝铃兰;七月有樱桃、西兰花和卷心菜;十月是暗红的海蟹和明黄的梨;十二月的花是水养的风信子,剖开的紫甘蓝和石榴、核桃,扎了密密麻麻丁香的橙子和肉桂棒。把橙子切开,加上肉桂棒、樱桃和一小枝迷迭香在红酒里煮开,就是暖烘烘的樱桃热红酒,据说这种甜蜜的香味能驱散冬日的寒寂。铅笔淡淡的轮廓,薄而透明的水彩,却让一年四季显得温润有光。

淡彩的笔法,用在动画里同样清新。在网上看到一个淡彩动画短片,是美术学院学生的毕业作品。场景设置得非常简单,就是一条玻璃缸里的小红鱼被主人带着在路上走。小红鱼一路遇见猫,遇见气球、小鸟和树叶,还有一群大鱼。每一次它都轻轻地翻过身,袒露出白色的鱼肚。然而它们一见便迅速溜走，小鱼只能寂然地恢复原样。最后，终于有一只蓝色的小鱼游过来，和它一样翻出了鱼肚白。洁白的鱼肚，好似人心柔软的一面，不会轻易给人看，却又希冀有人能理解。生命中的偶然邂逅，用淡彩画来让人低回。

这几年，每到天寒地冻的时节，客厅里挂的总是一幅梅花斗方，一枝红梅插在白底蓝花的瓷瓶里，下方是一把紫砂壶，一对小杯。当初我去裱画时，师傅接过画去，眯着眼看了一会，问我出自谁的手笔。我开玩笑说是我，他慢吞吞地回一句："不是吧，你的手，不像是成天与画笔颜料打交道的。"果然，美这个东西还是有佐证有代价的，明眼人一下就能看出破绽。这幅梅花，枝条把格局稳稳定住，浓墨画筋骨，淡笔染形状，开得恰到好处的红梅完全当得起"俊俏"二字。光是梅花似乎有点寂寥，多了对饮的茶杯就有了另一番意境。

如果下雪，在日本松山买到的一幅翻印的竹久梦二的小画也很应景。雪下得搓绵扯絮一般，落尽叶子的树干上头是阴沉沉的天幕。一个包着深褐色头巾的女孩站在雪地里，淡绿的衣服，袖子上打着红花补丁。那样凄冷枯寒，女孩的脸上却是一种入梦般的宁静。素得近乎黯淡的色彩，陡然让人心生哀怜。竹久梦二的画作，题材大多是温柔的女子、无尽的旅愁和漂泊无定的人生。他画过几行雪地上行人的脚印，由大到小由近渐远，迤逦迈向远处的海岸边。丰子恺后来写了这样的观后感："这些是谁人的脚迹，他们又各为了甚事而走这片雪地，在茫茫的人世间，这是久远不可知的事。"周作人也欣赏竹久梦二的画，尤其是儿童画，他说竹久梦二用柔软的笔触画出儿童生活小景，有一种天真的味道。"喝茶当于瓦屋纸窗之下，清泉绿茶，用素雅的陶瓷茶具，同二三人共饮，得半日之闲，可抵十年的尘梦。喝茶之后，再去继续修各人的胜业，无论为名为利，都无不可，但偶然的片刻悠游乃正亦断不可少……"这是周作人《喝茶》里的一段话。这场景和文末的日本的茶淘饭、腌菜和黄土萝卜这些清淡甘香的食物，如果画成淡彩铅笔画定然十分隽永。

淡淡几笔却让人感喟沉吟，好画好文皆如此。

花草光影

艺术家草间弥生，与花草植物有着不解之缘。我看过她幼年的一张黑白照片，面容清秀严肃的小女孩，怀抱一捧大丽花。小时候，她常带着素描本去家里的农场玩。那里有一大片槿花，她喜欢坐在花圃里胡思乱想。"某一天，一朵朵槿花像人一样摆出不同表情开始和我说话，它们的声音越来越大，大到我的耳朵开始痛。"这是她一直无法忘却的一段童年往事。为了抵抗幻觉带来的惊恐，她画了许多张牙舞爪类似花朵的植物，植物成了她的创作主题。草间弥生喜欢南瓜，她曾进山打坐冥想，如达摩十年面壁一般，花一整个月与南瓜对坐，画同一个南瓜。在《豌豆花》这幅作品里，无数黑色圆点组成了画面中三种颜色的南瓜。画面中央的黄色南瓜最大，南瓜中央有一扇打开着的窗户，一个女孩站在窗前朝外张望。奇异的是，南瓜上面还开着两朵豌豆花，其中的一朵花蕊是一面钟。紧挨着黄色南瓜的是一个蓝色的南瓜，上面靠着一把梯子，看着像个童话般的梦境。草间弥生不断地画花草和圆点，后来成了日本国宝级的人物。

亨利·卢梭一生从未离开过巴黎，却画了许多原始丛林。他的丛林中始终有花朵盛放，植物阔大的叶子和金黄橙黄的果实，猴子、老虎和鹦鹉快乐嬉戏。正如他自己说的，梦的单纯的力量支配着他的景物。公园长椅上的梦境自成一个世界。卢梭在巴黎海关做了一辈子收税员，"业余画家"的成就却影响了后来的毕加索、达利和米罗。

梵高的花草作品为世人熟知。光是向日葵，梵高就画了十几幅。鸢尾花是他画里的常客，深黄陶土瓶里的蓝色鸢尾，野外的鸢尾花丛。梵高的杏花有时插在玻璃杯中，有时是花园里的满树繁花，无论是粉色、白色还是蓝色基调都纯洁柔美，仿佛与这个世界暂时握手言欢，获得了罕有的宁静。梵高也画过桃花。两棵花满枝丫的桃树，在蓝天白云下闪着红光，一如我们在春和景明中看到的那样。然而梵高创作这幅画是为了纪念他亦师亦友的表兄莫夫。他将失去亲人的隐痛，画成了满目溢彩流光的花朵。雏菊、罂粟、银莲花、蔷薇、夹竹桃、三色堇、豹纹蝶、芍药、康乃馨……梵高也常画麦田，正午阳光下、夕阳西下的麦田，鸦群飞过、以挺拔优美的丝柏为背景的麦田。这个不得意的人在笔下开辟了自己的桃花源。困顿和伤痛、屈辱和失意成了记忆的财富和灵魂的养分。心境澄澈高远的人，灵感和热情始终没有被贫寒的生活掐灭。

有人说闻见院子里两盆白兰花熟悉的香味，便会想起母亲手帕上别着的白兰花。母亲爱花，身为园艺师的父亲为她在后院里遍植花草，家里四季鲜花不断。晚年时，父亲惦记植物暖房的花草，独自离家去照看。母亲让他送饭去："路上不要把饭菜的汤汁洒了。陪你父亲把饭吃好再回来,你少吃点,这可是为你父亲做的。"父亲不舍得母亲下厨,因此撒了大半辈子的谎,说母亲做的饭菜不好吃。父亲晚年病重,母亲开始吃素,他总是反复关照儿子,用专门烧素菜的锅子给母亲做饭。父母离世了。他在自己的小院子里安静度日,春天赏樱,秋天坐在桂花树下喝茶,吃自己做的家常饭食。花草生发间,四时皆有诗意,让人恍惚觉得一家人仍团圆,怀揣着对花木和人世的珍重爱惜。

最近看了一个短片,梵高穿越回现代,来到巴黎奥赛博物馆。走到以他的名字命名的场馆里,站在自己的画作前,梵高泪盈于睫。面对流逝的时光里不朽的花草光影,除了低头,我们还有什么多余的话可说?

花解语

亦舒早期的小说名字,有不少与花草有关,《玫瑰的故事》《开到荼蘼》《曼陀罗》《风信子》《迷迭香》《石榴图》《杜鹃花日子》《葡萄成熟时》《人淡如菊》《紫薇愿》《花解语》《明年给你送花来》《满院落花帘不卷》……《香雪海》这书名略为含蓄,江苏吴县邓尉山多梅,花开时香风十里,一望如雪,清江苏巡抚宋荦题镌"香雪海"三字于支峰石上。

亦舒笔下的花常有深意。"'玫瑰是一朵玫瑰,是一朵玫瑰。'他答我以莎士比亚,我回他巴尔扎克:'但是这一朵玫瑰,像所有的玫瑰,只开了一个上午。'"这是《玫瑰的故事》里的对话。这篇小说里还提到另一种花:"那白花,花瓣上圆下尖,裹在一起,真像一颗小小的、洁白的心,花蕊吐出尖端,血红得似一滴血。我们的心,都有过滴血的时候,伤口或许好了,但是疤痕长留。"种花人说它叫"滴血的心"。"滴血的心"其实是荷包牡丹,花朵状如荷包,而叶片形状与牡丹极为相似。《开到荼蘼》里的荼蘼是蔷薇科植物,开黄白色香花，夏季盛放。宋代王淇《春暮游小园》诗云："一丛梅粉褪残妆，涂抹新红上海棠。开到荼蘼花事了，丝丝天棘出莓墙。"宝玉生日，怡红院群芳夜宴，行花名酒签令时麝月抽到的签上就是这句诗。荼蘼开时春花已尽，小说里的"我"明白，曾经宝光流动的青春和爱恋都过去了。《曼陀罗》里的曼陀罗花"叶子如丝绒般滑腻，花朵大而洁白，像只漏斗，花瓣展开如美丽的衬裙。"书中的宁馨儿的确美得让人中毒生幻。

看得出来，亦舒喜欢白色香花。她无数次在小说里写过"花不语不要紧，花不香枉为花"。独身女子水晶花瓶里的白色姜花，散发着惆怅旧欢如梦的味道。《没有月亮的晚上》中，有人送来一大篮白色的花，"篮子里插着栀子、剑兰、玫瑰、茉莉、百合、铃兰、蝴蝶兰、夜来香……"男人为心仪的女子奉上鲜花，在亦舒看来是礼节和心意。"这种纽西兰玫瑰花他恐怕连见都没见过，买四只橙拎着纸袋上来才是他的作风。"亦舒揶揄起不解风情的男人真有点刻毒。科幻小说《异乡人》里的男主角，送给女友的也是白色香花，小小花朵如一只只白色吊钟的铃兰，花朵碗口大，洁白如雪状如喇叭的新奇盆花。这个神秘外星人的家，"屋子外形很普通，但前院种满各类白色的花，有大有小，有些攀藤，有些附墙壁上，引得蜜蜂嗡嗡飞舞……"

有人说亦舒的书可以当时尚导读——白色衣裤开司米羊毛衫、狼皮鞋子，一件T恤加一条牛仔裤走遍欧洲大大小小的美术馆，薄薄的白金表和古董首饰，房子最好全部刷白，统统打通，宽大到可以在屋内骑脚踏车，甜点是香橙苏芙喱，克鲁格香槟当水喝。然而，我还是喜欢她笔下的花木，那些花草点亮了枯燥黯淡的水泥森林，让人有做了好梦般的欢欣。

亦舒写过一篇叫《影树》的随笔，寥寥几百字的文章，慨叹影树的美和时光的易逝。我后来才知道影树就是凤凰木，蓦然想起中学阅览室二楼窗外的凤凰花，也是这般艳红如火。空气都能拧得出水来的梅雨季节，读到有人把白兰花浸在水碟子里闻香这样熟悉的细节，一颗心顿时飞回某年夏天的花香里去了。咦，当年觉得刻骨铭心的事，后来居然也平淡下去了。

日本动画草木记

《辉夜姬物语》的前半部分极美。竹林里的翠竹，浓红的山茶花瓣簇拥着娇黄的蕊，梅花打苞了，遒劲的黑灰色枝干上染着几斑绿，一只黄莺立在枝头上，荠菜开着碎米般的小花，白玉兰半透明的花瓣闪着微光，紫藤随风荡漾，蓝莹莹的鸭跖草和紫色的龙胆，大片的田野由近至远分别是油菜花、紫云英和麦子。野地里的孩子一路唱着："鸟儿、虫子、野兽，青草、树木、花，带着春夏秋冬快到来吧。"这情景几乎让我微微战栗起来，这山林春夏的风光如此逼真，但这样的山野显然又与我相隔甚远。某年五月去婺源，油菜花已谢，紫云英却还在绵延不绝的田畦里开着，就是这样平淡无奇的场景，却让我呆望良久。据说农民种紫云英是为了春耕的时候把它们犁到田泥下面，渥烂了做田里的绿肥，然而这花田真是漂亮。日本人一向善于对自然和四季做出幽微的描绘，这田园之美果然使人信服，如果不是在这样的乡野画卷里跳跃、嬉戏，而是自小就困在亭台楼阁中，辉夜姬又何必留恋自由自在的人间生活？在天上，如果她有幸保留了尘世的记忆，最璀璨的必定是这些山野、竹林、瓜田……

《岁月的童话》适合在夏日里看。这节奏舒缓的片子，最大的好处是让我可以把注意力从情节中抽离，转移到一帧帧画面的角落里，去看那些为季节和人情做证的花草。人家院子里风姿楚楚的牵牛花、校园里蓝紫色的绣球花，橙黄的卷丹百合……妙子去山里看村民摘红花、做红花染。天色还未大亮，刚下过雨湿漉漉的山道，远处层峦叠嶂的青山渐渐明朗。红花必须要趁清晨花苞柔软的时候采摘，因此摘红花的人总是在田里迎接拂晓。红花要经过水洗、脚踩、氧化、风干、发酵、捣碎、绞干，才能制成胭脂所需的原材料——红花饼。红花饼绞出来的红色汁液可以直接用来染布料，染出的是俏丽的浅红色。红花和胭脂，于村民们并非轻飘飘的美，而是辛苦的劳作和营生。以童话为名的动画，其实是都市人对自我和精神故乡的探寻。

《龙猫》里的山林就是一个植物的乐园。影片中两姐妹在自家院子里玩得有滋有味，其实那是一个荒废的园子，水池边的野草丛中抽出几枝蓝紫色的鸢尾，不知是昔日的主人点缀池塘的植物还是野花。小路上一年蓬细碎的白花、蒲公英的黄花、车前子纤长的花穗和大蓟毛茸茸的紫花随处可见。蜀葵在影片中出现的次数也不少，和乡间的房舍稻田十分协调，是夏日光阴的美丽注脚。雨中两姐妹躲雨的地藏龛前，绣球花开得正好，而龙猫顶在头上挡雨的，是一种叫"秋田蕗"的植物叶子，植株可以长到两米多高。小梅姐妹的新家旁边有棵巨大的樟树，树形挺拔舒展。夏日森林里满目清凉的绿意和神秘幽静的氛围让人着迷。这片神秘森林的原型，位于宫崎骏曾经生活过的琦玉县所泽市附近的狭山丘陵。曾有记者问宫崎骏："遇见龙猫这事，对小月和小梅二人来说有什么意义吗？"宫崎骏答曰："光是龙猫真实存在这件事，就可以让小月和小梅获得解救……只要相信有龙猫，小月和小梅就不会孤立无援。"抚慰人心的山林是现实里的桃花源，即便隔着屏幕仿佛也能呼吸到那清新幽凉的空气。

日记

最近在看止庵的《惜别》，书里摘录了已离世的母亲的一些日记。母亲的日记毫无矫饰，平实地记录着种种日常的趣味和欢喜。"去了沃尔玛，进超市，先看花，真有好多花草，很吸引人。我现在屋里花已太多，以后若没人送花来了，我再买不迟。小金鱼也好看……""下午阿姨来后，就让她推我去沃尔玛。这两天暖和，下午出外特别舒适，院内南门外，只有几天，又开了几片红色的花（不知名），矮树上红似小喇叭的花，密密麻麻，真好看。在沃尔玛买了两盒三元牛奶（仅有的），结果奶酪忘买了，买了排骨、水果、蔬菜、豆制品回来。"即便天人永隔，只要有日记这个物证存在，记忆总是有痕迹可寻的。《惜别》里提到了崔护的《题都城南庄》，说"此门""桃花"和"春风"是"人面"的证物。其实崔护的诗才是更恒久的存在。当事人一字一句写下的日记，是"物是人非"里的"物"，是痴心人不甘心万事转头空的执念。

有位朋友至今坚持手写日记。在她家借宿，临睡前她坐在桌前写，忽然抬头微笑着对我说："我今天在日记里记了和你一起吃早饭的事。"我立刻遗憾起来，如果我也有写日记的习惯，就能写下她为我沏的咖啡，烤面包片上细细撒下的手研的芝麻，一早起来拌的沙拉里有生菜、青红椒和略带辛辣的洋葱丝，浇了她亲手调的油醋汁。她说自己写的日记，也许日后儿子会读一读。从前我曾固执地认为，写日记时一旦有了被他人阅读的意识，难免带上表演色彩，同时巧妙回避隐秘的心事和细节。如今我才发觉日记留下的记忆碎片，不仅是往昔生活的凭据，更是无情时光里人们所能捕捞到的一点慰藉。某天我翻出一堆十几年前的照片，藏起那些自认为拍坏了的羞于示人。有人一把抢过："我看都很好，那就是你。"果然，往事从那些定格的瞬间纷至沓来。

我喜欢植物，因此对别人日记里关于花草的细节和片段格外留意。读归庄的《看寒花记》，看到"因思寒花惟晚菊、蜡梅、天竹、水仙数种。今皆得之，少山茶耳。谁能乞我一枝，不惜以翰墨酬之"，忍不住笑了起来。梅·萨藤的《独居日记》里，写过寒冷天气里的水仙："此刻醒来光线正照着一枝水仙，一束光柱投在黄色的花萼和外缘的花瓣上。经历了糟糕的一夜后，这情景使我为之振作，又来了精神。"在漫天飞雪的季节，她津津有味地阅读种子目录，遥想着仙客来、玫瑰、蔷薇、铁线莲、牡丹、羽扇豆花、郁金香、蝴蝶花、黄水仙、金盏草、藏红花、紫罗兰的花田。然而萨藤写的并非是田园诗，漫长的严寒和时常困扰她的忧郁症，给她的晚景定下了寒凉的调子。她需要栽花、喂鸟和节奏缓慢的家务来定心，而她的日记则是对自身冷静的观察，借助诚实客观的叙述，试图归纳出经验，还原出本质的东西。《过去的痛》是萨藤从1978年至1979年一年间的日记，不是每天都写，但基本保持了连贯性。在最后一天的日记里，她引用了彼得·马西森《雪豹》里关于夏尔巴人的叙述："如此开放，如此无戒心，所以如此自由，像真正的菩萨，像空气一样接受每天发生的大大小小'变化'。"这句话用来描述萨藤也十分恰当。

植树人

收到好友寄来的《植树人》。起先以为就是普通的小说或者杂文,后来发现其中另有文章。《植树人》分四季,每季的文字加插图不过五六页,中间的空白页面完全可以当笔记本来用。一战爆发前夕,小说中的"我"徒步旅行,来到普罗旺斯的一个荒村,偶遇孤身一人的牧羊人布菲耶。这个沉默寡言的中年人,每天将一百粒橡树籽埋进土里。战后"我"故地重游,布菲耶种下的林子已经让山头覆上了绿色的毡毯,虽然这渐进的变化引不起任何人的惊异,众人都以为是自然的力量。1945年,"我"最后一次见到布菲耶。原先死气沉沉的村庄已是绿意葱茏、水流淙淙的宜居之地。书里的木刻画是美国画家密歇尔·麦克科迪(Michael McCurdy)的作品,手法传统质朴:一双在土里埋橡树籽的手,月色里的山峦和秀顾的橡树,老布在溪边黑色剪影般的踪迹……黑白线条和光影处理细致入微。书后有作者日昂·吉奥诺(Jean Giono)的生平简介。吉奥诺生于法国南部的马诺斯克小镇,十六岁辍学到当地一家小银行谋生,经历过一战和二战,遭受了严重的精神创伤,也由此坚定了和平信念。《植树人》这部短篇小说原是吉奥诺1953年应美国《读者文摘》"你曾经见过的最非凡、难忘的人是谁"的专题稿约而写。编辑被这个故事打动,经调查发现普罗旺斯山区的小镇的养老院并无叫布菲耶的人,于是退回了稿子。次年小说在美国《Vogue》杂志上发表,之后被翻译成十多种文字。

然而我并不在意故事的真实性。《植树人》里这样描绘牧羊人的生活:"房子里井井有条,盘子洗过,地板擦过,他的枪上过油,他的汤——正在火上滚开着。我后来注意到,他的胡子也刮得干干净净,全身上下没有一个纽扣松脱,而衣服上小心缝补过的地方几乎看不出来。那汤,我们俩分着喝了。过了一会儿,我把烟荷包递过去,他告诉我他不吸烟。他的那条狗和他一样闷声不响,对人友善,却颇有尊严。"作者往往在钟爱的人物身上安置自己一心向往的生活和灵魂。

布菲耶这样隐身凡间的圣人并非全是虚构。纪录片《地球之盐》中的主角萨尔加多,就是现实世界里的植树人,仅靠诚挚好意和心无旁骛的劳作,完成了犹如出自上帝之手的神迹。他曾以自由摄影师的身份走了一百多个国家,拍过北极风光、拉丁美洲部落、非洲难民和科威特油田大火。目睹了卢旺达大屠杀后,萨尔加多质疑自身行为的意义,绝望地中止了全球拍摄计划。在妻子的建议下,全家人回到故乡巴西的农场,可惜少年时代的绿色天堂已被砍伐得面目全非。萨尔加多一家人开始种树,他们种下的200万棵树木营造的生态环境,成了改造地球生态的样板。

《植树人》的空白页可以写点什么？布菲耶年老时已经没有了说话的习惯，或许他觉得言语多余。《地球之盐》几乎是一部静止图片的合集，入眼皆是语言所无法描述的巨大黑白幻灯片。萨尔加多说："当我过世时，我们种下的森林将恢复成我出生时的模样。循环得以圆满，这就是我一生的故事。"

后记

2016年11月的某个上午，突然收到胜衣君的一条微信，说他帮广州花城出版社策划一套植物文化丛书，希望我能把以往涉及花草的文章编一本专集。于我，好事总是这样从天上掉下来。我喜欢花草，在《新民晚报》的专栏中也多有关于植物的篇章，于是高兴地应承下来。等出版社的选题通过了，才发现从前的花草文章，字数离编辑要求的差了一大截。这些年的专栏，篇幅往往都是六七百字，看似版面所限，其实是我生性疏懒，一句起几句止。然而这次交稿的期限近在眼前，抓狂之余退却之心顿起。后来冷静下来，由截稿日期倒推，定下单位时间要写完的量，终于也如期完成。看似感性的写作，其实是个理性的活儿。

《草木本心》不是专业的植物科普或园林书，偏重的是个人的认识和感受，以及和花草植物有关的记忆。重看昔日的文章，我很庆幸自己记下了这些花草光影和生活轨迹，历历往事把那些微小的快乐唤回眼前，也让我时时为自身的肤浅无学感到懊丧。本书第一辑"草木欣然"描述的大多是单一主题的植物，花木本身的样貌特性、史话、传说和个人生活往事；第二辑"走马观花"记下的是旅行途中和客居生活时所见的植物，因着爱花草的心性，路上的花木总会深深吸引我；第三辑"流年花影"写的是日常的养花、买花和赏花，寒来暑往，一年无事只为花忙；第四辑"花忆前身"，内容从鲜活的花草，扩展到药、茶、干菜、香、纸和关于花草的故事、书籍和影片，是花草的魂魄和开在心里的花草。

承胜衣君抬爱，没有他的邀约和鼓励就没有这本书的存在。书序《草木何求》也是胜衣君所赐，书名的由来他诠释得极美，那灵动的笔致是我难以企及的。2012年10月，胜衣君为我的文集《容我想想》所做的书序《锦心绣口》，因丛书的统一体例未能采用，至今引以为憾。这次我终于如愿，按照胜衣君的话来说，"这回应可在你的书中并肩了"。有缘之人，道出了多年彼此爱花草的相知。写"草木有本心"的张九龄是广东人，巧的是胜衣君和花城出版社的编辑林贤治、邹蔚昀也都是广东人。和林老师通过几次电话，这位作家一点架子都无,言语恳切幽默。与他们打交道,深感粤人为人处世的周全和谦和,明明承蒙青睐抬举,由他们说起来却好像是我帮了他们的忙。感谢陆陆,这书稿我每改一遍,他就校对一遍,字斟句酌提出了不少中肯的意见。这些年,他是我每一篇文章的第一读者。过近的距离容易带来轻蔑,然而在我们之间此事并未发生。陆陆的温柔敦厚,于我的急躁是一剂良方。

"欣欣此生意,自尔为佳节。"自足自适的草木,总在我自大和自弃的时候提醒我,让我觉得羞愧。